KB102736

님께

드립니다

내 마음도
모르면서

설레다 최민정

작가.

'고통은 그림으로 전해질 때 조금씩 날아간다'고 믿는 사람.

소소한 일상의 틈에서 나타나는 마음의 균열을 한 컷의 그림과 짧은 글로 표현한다. 사람의 마음에 대한 관심의 부산물로 미술심리상담사 자격을 얻기도 했다.

가장 우울했던 시기에 기약 없는 설렘을 바라며 지은 '설레다'라는 닉네임으로, 노란 토끼 '설토'의 일상을 그려 블로그에 올리기 시작했다. 그렇게 9년을 꽉 채워 그린 '설레다'의 감성 메모'는 어느덧 1,000컷을 목전에 두고 있다.

숨기고 싶지만 공감 받고 싶은 마음을 포착해낸 '설토'의 이야기는 누적 100만 명이 넘는 이웃들의 공감과 관심을 얻었고, 그 결과 책으로도 10만 명이 넘는 독자들을 만났다. 마음의 얼룩을 닦아준 설레다의 책들은 중국, 대만 등 아시아권에서도 많은 사랑을 받고 있다. 지은 책으로 베스트셀러 《내 마음 다치지 않게》를 비롯해 에세이 《그까짓 사람, 그래도 사람》, 《아무 일 없는 것처럼》 등이 있으며, 실용서 《나의 첫 번째 라인드로잉》이 있다.

www.seolleda.com   **f** seolleda.seolto   **◎** @seol.leda

알아가는 것만으로도 고마운
내 감정들의 이야기

내 마음도
모르면서

설레다 글·그림

INFLUENTIAL
인플루엔셜

prologue

내 마음도 모르면서

나조차 내 마음이 어떤지 모르겠기에
타인과 더불어 나에게 하는 말.

내 기분, 내 마음

누구보다 내가 가장 잘 알고 있어, 라고 생각하다가도

도무지 알 수 없는 마음을 만나게 되는 때가 있습니다.

몰라서 괴롭고 알아도 어려운 나의 기분, 나의 마음.

타인의 마음을 들여다보듯이

나의 마음도 그럴 수 있다면 좀 더 나을까요.

나의 생각과 마음을 매 순간 떼어놓고 바라볼 수 있다면

아마 감정에 휘둘려 작은 괴로움을 큰 괴로움으로 오해하거나,

가벼운 상처를 깊은 것으로 잘못 이해하는 일이

조금 줄어들지도 모르겠습니다.

내 마음을 가만히 펼쳐놓고 감각하는 시간을 가져봅니다.

감정에 휘둘리느라 생각할 겨를이 없어 미처 몰랐던

나를 보게 될 거예요.

물론 그 시간만으로 마음이 쉽게 다스려지는 건 아니겠지요.

괴로움이 사라지거나 즐거움이 배가 되고,

없던 마음이 더 생겨나지도 않을 겁니다.
다만 어떤 감정이든 가만 들여다보며
그 감정을 일으킨 일들을 차근차근 찾게 된다면
부대끼는 마음을 위로할 방법을 스스로 알게 되지 않을까요.
혹, 위로의 방법을 찾지 못한다 해도 괜찮습니다.
내 마음을, 감정을 마주보는 시간이 위로가 되어 주기엔
이미 충분할 테니까요.

'내 마음도 모르면서'
읊조리는 설토의 모습에서
서운함 가득한 나의 모습을 찾을 수 있기를.
그를 통해 애매모호하던 기분을
조금은 분명하게 느껴볼 수 있게 되기를 바라봅니다.

설토와 함께 여름을 갈무리하며
설레다

contents

5 스러지는 마음들 Love hurts me

6 그땐 돌아보지 말고, 안녕 Bye for now

7 마음도 자란다 Time to grow up

1

슬며시
시작된

Fall in love

자꾸 생각나. 네가.

슬며시

따끈따끈, 두 볼이 서서히 달아오릅니다.
손바닥을 대어보고 손등으로 식혀봐도 따끈따끈 발그레.
보는 사람도 없는데 괜히 쑥스러워서
애꿎은 찻잔만 닳도록 쓰다듬네요.
가다 말다 돌아보고, 자꾸 배시시 웃다 말다…
내내 그 사람을 생각한 게 아닌데,
종일 한 사람만 떠올린 게 아닌데.
누가 보면 할 일 다 제쳐두고
종일 딴 데만 마음 두고 사는 줄 오해하겠습니다.
아닌데.
정말 아닌데.
남들이 생각하는 그런 거, 진짜로 아닌데.

Fall
in love

슬며시
시작된

달뜨다

곁눈질로 슬쩍슬쩍 바라보던 사람으로부터
안부 메시지를 받는 순간의 마음.

좋아하게 된 순간

아픔이 겹치고 겹쳐, 상처에 상처가 더께를 쌓다 보면
마음의 두께는 점점 얇아집니다.
파삭파삭 부서지기 쉬운 살얼음처럼
약해질 대로 약해진 마음 한쪽이 부서지면
그 틈을 비집고 순식간에 슬픔이 차고 넘치게 됩니다.
거기 빠져 한참을 허우적대다 보면,
이러다 질식해버릴 것 같은 기분에 덜컥 겁이 납니다.
그때, 그런 내 모습을 보고
손 내밀어주는 사람이 있다면 잡으세요.
주저하지 말고 잡아야 합니다.
온통 슬픔에만 몰입해 허둥대고,
그런 모습을 감추려 주변 사람을 밀어내기만 했던 나를 보고서도
기꺼이 다가와준 사람이니까요.
재고 말고, 따지며 망설일 이유가 있을까요?
덥석.
내게 건넨 그 사람 손을 잡고 이제 그만 나와요.
끝 모를 그 슬픔으로부터.

괜찮아, 내 손을 잡아.

싹트다

고마운 마음보다 미안한 마음이 커 거절하던 그의 손을
마침내 잡는 순간.

나 오늘 왜 이러지?

들썽거리다

평소 체중에서 5kg 정도 가벼워져서
공중부양 한 것 같은 기분이 유지되는 상태.

한껏 가벼운 마음이 느껴져

자주는 아니지만 가끔,

설명하기 어려운 기분이 들 때가 있습니다.

어제의 문제를 해결할 뾰족한 방법을 찾은 것도 아니고,

오늘 만날 사람이 좋은 사람인지 아닌지도 모르는데

현관을 나서는 발걸음이 어쩐지 가벼운, 그런 묘한 기분.

살이 좀 빠졌나, 불면이 나아졌나 싶을 만큼

몸과 마음이 유난히 가뿐한 그런 날.

지쳐 있던 어깨도 절로 펴지고,

무심코 지나치기만 하던 주변도 달리 보게 됩니다.

실없이 괜히 웃음도 나고, 오늘 하루가 참 즐겁겠다는

기대도 듭니다.

어쩌면 끝없이 우울의 나락으로 떨어지던 기분이 쌓이고 쌓이다

마침내 폭발하게 된 것은 아닐까.

어둠 속에 계속 머물기엔 너무 외롭고 지쳐

어떻게든 뛰쳐나오려는 게 아닐까.

그런 바람이 행동으로 나오게 된 그 날,

집 밖을 나서는 발걸음에 작은 풍선을 달아준 건 아닐까요.

문득 이곳에

그전에도 알았고, 지금도 알고 있는 곳.

그전에도 몰랐고, 지금도 도무지 알 수 없는 곳.

처음과 그다음이 다르고, 세 번, 네 번 모두

다를 수밖에 없는 곳.

같은 이와 함께여도 매 순간이 다를 수 있고,

다른 이와 함께여도 매 순간 같을 수 있는 곳.

모든 것이 존재하지만

또 모든 것이 사라져버리기도 하는 곳.

입구도 출구도 보이지 않지만

들어가고 나오는 순간이 분명히 존재하는 곳.

한참을 지내다 문득 이곳에 들어와 있음을 알게 되고,

빠져나왔음을 알지 못하다가

불현듯 이미 돌아갈 수 없는 곳이 되었음을 깨닫게 되는

그런 장소.

흔하게 말하지만 흔히 겪기 어려운.

누구든 쉽게 말하지만 결코 정의 내리기 쉽지 않은.

매번 낯설게, 처음처럼, 또 나도 모르는 사이

시작되고는

그저 잠시 머물다,

언젠가 꿈처럼 흩어지는 마음.

사랑.

빠져들다

'정신차려보니 나도 모르게 여기 있네?'라는 말로밖엔
설명할 수 없는 상태.

가던 길에 잠시

문제가 생기면 한시라도 빨리 해결하고 싶은 마음에
조바심이 듭니다.
문제가 이어지는 시간을 견디기도 괴롭고,
그러다 보니 마음도 바짝 긴장하게 되지요.
감정 문제든, 누군가와의 갈등이든,
오래 끌기보단 그 자리에서 해결하는 편이 기왕이면 좋지요.
하지만 그게 어디 마음처럼 잘 되던가요.
급하게 서둘다 오히려 꼬이기도 다반사고요.
이러지도 저러지도 못할 때,
그럴 땐 차라리 밖으로 나서는 겁니다.
풀꽃이 핀 곳이면 더 좋겠지요.
동네를 무작정 걷거나 근처 공원을 찾아 잠시만.
아주 잠시만이라도 답답한 마음을 내려놓고 한숨 돌려봅니다.
그렇게 잔뜩 긴장해 있던 생각의 근육을 서서히 풀다 보면,
Fall
in love
어쩌면 뜻하지 않게 쉽사리 풀려버릴지도 모르지요.
일이 꼬이면 꼬일수록, 자꾸 덤벼들기보다는
슬머시
시작된
일단은 잠시 멈춰서는 것도 어쩌면 좋은 해결책이 됩니다.

그 방법 중 하나가 바로 한적한 곳에서
잠시라도 혼자 조용히 시간을 보내는 것입니다.
그 시간이, 그 장소가
기막힌 해결책을 제시하진 못하더라도
적어도 그 방법을 찾을 수 있게끔
힘을 내도록 도와줄 거예요.

매료되다

고민하던 문제를 순간, 말끔히 잊게 만들 만큼
화창한 풍경과 마주했을 때의 마음.

내 눈에 한 사람만

보고, 보고 또 보아도 계속 보고 싶습니다.
볼 때마다 새롭고 볼 때마다 좋아서.
작은 두 눈에 당신만 담아내기에도 모자라
당신 아닌 다른 누구의 잔상도 남길 자리가 없습니다.

전애하다

여길 봐도 저길 봐도
한 사람만 보게 되는 애정 충만 상태.

너만 보여.

그런 줄도 모르고

생각해보면 처음부터 그리움에 잠을 설친다든지,
보고 싶어 못 견딜 정도는 아니었어요.
그저 일하다 문득, 길을 걷다 갑자기,
지하철에서 불현듯 궁금할 때가 있긴 했습니다.
그게 시작이었지요.
하루에 한 번 궁금하던 마음이 두 번, 세 번
횟수가 늘어났습니다.
불쑥 생겨나던 마음이 아침에, 오후에, 밥을 먹을 때, 잠들기 전에
규칙적으로 생겨났지요.
그러다 이제는 궁금증이 습관이 되어
매순간, 언제나 그리워하게 되었습니다.

둔하다

다른 사람이 되어 가는 자신을
스스로 눈치 채지 못하고 뒤늦게 알게 된 마음.

내 마음속에 네가 이토록 가득하다니.

가득가득

가슴 한쪽이 간질간질,

분명히 뭔가 있을 것 같아 들여다봤더니

세상에!

언제 이렇게 가득 들어와 있었던 걸까요.

하긴, 그간 좀 이상하긴 했습니다.

언제나 당신에 대한 궁금증, 그리움, 애틋함으로

꽉 채워지곤 했으니까요.

내 마음에 당신이 이토록 가득하니

어쩌면 이미 나는 당신이 되어버린 건지도 모르지요.

그간 당신의 시간을 함께 살고 있었는지도.

그걸 이제야 깨닫게 됩니다.

Fall
in love

슬며시
시작된

벅차다

마음속이 상대방에 대한 애정으로 꽉꽉 채워져
더 이상 담을 틈이 없을 만큼 가득할 때의 기분.

혹시 벨소리가 아닌 진동으로 해둔 걸까?

그럴 리가 없는데…

기다림이라는 것

오겠지, 오겠지, 올 거야. 분명.

먼저 연락하면 그만인 것을.

선뜻 용기가 나지 않아 그저 기다리고만 있습니다.

하면 되지, 그까짓 전화 하면 되지,

혼잣말로 중얼거려보지만 말처럼 쉽지가 않네요.

내 마음 있는 그대로 보여주는 일이 무슨 큰 잘못이라도 되는 양,

그 사람에게 죄라도 짓는 듯 먼저 연락하기가 어렵습니다.

벅차오르는 마음을 감추기가 어려워 조금씩,

전부도 아닌 조금씩 보여주지만

그렇다고 어떤 대답을 바라진 않아요.

기대가 아주 없었다고는 할 수 없겠지만.

그런데 그 사람에겐 이런 내 마음이, 내 표현이

부담이었나 봅니다.

그의 사소한 표정 변화 하나에도

Fall
in love

이렇게나 마음이 일렁일 줄, 나도 몰랐습니다.

부담 줄 생각은 없었는데.

슬며시
시작된

이렇게까지 되리라고는 생각도 못했는데.

하지만 기다리렵니다.

정작 그는 아무렇지 않은데,

나 혼자 오해하고 지레 겁먹은 거라 생각하려고요.

기다리는 이 시간을, 백 년처럼 길게만 느껴지는 이 시간을

그저 괴롭게만 느끼지 않으려 애써봅니다.

고대하다

약간의 불안은 있지만 분명히 이루어질 것이라 믿으며
마음을 다해 간절히 기다리는 시간.

오르락내리락

내 감정을 내가 선택할 수 있는 걸까요?

즐겁고 싶다 마음먹으면 즐거워질 수 있고,

우울하기로 작정하면 우울하게 되는.

마음먹은 대로 이끌 수 있는 기분도 있지만,

다 그렇진 않겠구나 하는 생각이 문득 들었습니다.

내 의지와 상관없이 불쑥 생겨나는 기분도 꽤 있지 않을까요?

세상 어려움 모두 해결할 수 있을 듯 씩씩하다가도

이내 풀이 죽고 좌절하기도 합니다.

좋았다가 언짢다가, 풀렸다가 화났다가,

괜찮아지는가 싶다가도 금세 짜증이 치미는.

제멋대로인 속 탓에 남몰래 끙끙 앓다가도

맛있는 음식을 먹고 스르르 풀려버리기도 합니다.

세상 혼자 심각하던 마음을 금방 잊어버리기도 하고요.

그럴 땐 정말 당혹스럽습니다.

Fall
in love

좀 전까지 잔뜩 찌푸렸던 미간을 떠올려보면.

오늘 하루만 해도 얼마나 많은 감정들이 일어나고 사라졌던가요.

슬며시
시작된

내 의지로는 어찌해볼 자신 없는 마음들,

오늘 하루만 해도 몇 번이나

오르락,

내리락…

나를 무시하고 날뛰는 감정들이 한 데 뒤섞이는 날엔

생각만으로도 벌써 피곤이 몰려옵니다.

그저 고개를 돌려 싸움이 잠잠해질 때까지 기다리거나,

다른 일을 하며 뒤엉킨 감정들의 시선을 분산시키는 수밖에

없지 않을까요.

어지럽다

마음을 휘저어놓는 일이 여럿이 떼로 몰려와
정신없이 나를 뒤흔들 때의 기분.

나만 아는 특별함

난 그런 사람이었어요.

어디 하나 멋진 구석이라곤 없는.

그런데 그 사람을 통해 내게서

괜찮은 구석을 하나씩 발견하게 되는 요즘.

그를 보면서 지금보다 훨씬 나은 사람이고 싶다

다짐하게 됩니다.

그런 사람이에요.

나 스스로 달라지고 싶게끔 마음먹게 한.

그 사람에 대해 차근차근 되짚어봅니다.

언제부터 감정이 생겼고,

그것이 얼마나, 어떻게 깊어져 갔는지.

뭐라도 하나 빠트렸을까 기억을 더듬으며

사소한 것에서부터 크게 감동 받은 부분까지.

나만 아는, 내게만 보이는 그 사람의 매력을

남들은 영원히 몰랐으면 좋겠어요.

나에게만 보여.

그 친구가
왜 좋은거야?
난 잘 모르겠던데….

안심하다

내 마음에 든 그 사람의 특별함이
다른 사람에겐 보이지 않음을 알았을 때의 기분.

선물

정작 눈에 보이지 않을 때 설렘은 오히려 커집니다.

작든 크든, 안이 들여다보이지 않는 상자가 주는 호기심이란.

분명 내 손으로 주문한, 안에 뭐가 들었는지

빤히 아는 그 상자를 시치미 뚝 떼고서 대합니다.

콧노래가 절로 나오고, 어깨까지 들썩이며 말입니다.

조심조심 칼로 테이프를 자르고 상자 속을 뒤집니다.

비닐을 걷어내고 말간 얼굴로

포장을 풀어주길 기다리는 물건을 마주해요.

다른 이를 거치지 않고

오로지 날 위해 달려온 무언가를 보면

절로 기쁨이 느껴집니다.

일상이 무료하고 심드렁하기만 했다면

그 찰나의 기쁨은 더욱 강렬해집니다.

신나다

무엇이 들었을지 잘 알면서도 전혀 모르는 것처럼
콧노래 흥얼거리며 포장을 뜯는 순간의 마음.

눈어림

대강 눈짐작만으로 가늠해서 얼버무릴 때가 있습니다.
'대충 눈으로'라 마음에 걸리긴 해도,
아예 모르진 않으니 괜찮겠지 여깁니다.
그러다 막상 '제대로' 해야 할 때가 오면
곤란한 상황에 처하기도 해요.
"잘 안다고 하지 않았나요?"라는 물음에,
이제 와 '사실은 잘 알지는 못합니다' 하기도 민망하고요.
대충 더듬대며 넘길 일도 있지만,
때로는 하나라도 제대로 알고 넘어가려는 노력도 필요합니다.
어물쩍 넘기고 내내 불편한 마음 갖기보단
귀찮더라도 꼼꼼하게 짚고 넘어가면
나부터 편하니까요.

시도하다

대강 알고 있는 일을 확실히 이해하기 위해
연구하거나 행동해보는 일.

2
너를
알고 싶어
I wonder who you are

네 마음처럼 따뜻해.

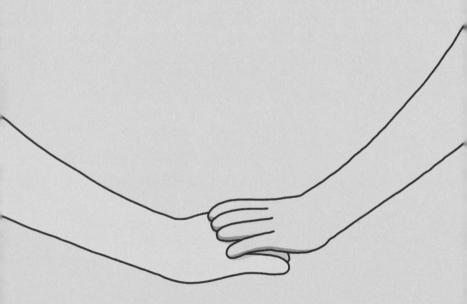

손

가엾고, 안쓰러워 애타는 마음을 담아
잡습니다.
사랑하고 아끼는 마음에
잘 되길 바라는 소망을 얹어 살며시 포갭니다.
나아가면 가는 대로,
쓰러지면 또 그런대로
네 마음 향하는 곳이면 괜찮다는 응원을 녹여
꼬옥 움켜쥡니다.

포근하다

누군가로부터 따뜻한 사랑이 가득 담긴 마음을
전달받는 순간의 기분.

알아가고 있어

바라봄.
함께한 시간, 그 속에 담긴
이야기, 분위기, 서로의 표정과 반응을
찬찬히 둘러봄을 뜻합니다.
그렇게 바라보다 보면
언뜻 상대의 이면이 보일 때도 있지요.
물론, 매번 그렇진 않겠지만요.
마음의 깊이에 따라 다르겠지요.
마주한 얼굴이 하는 말 뒤에
숨은 이야기를 발견하게 될 확률은.
이 사람의 멋진 부분, 조금 아쉬운 부분,
나와 전혀 다른 부분, 기억하고 싶은 부분,
마음이 찡해지는 부분, 귀엽거나 짓궂다 생각하게 되는 부분.
그런 모습들을 하나씩 발견해나가면서
우린 서로를 더 깊이 알아가게 됩니다.

관심하다

마음을 두고 오래 바라보고 싶은 사람을 향해
눈을 두는 순간.

받아줄래

괜찮습니다.

내 이야기 들어주지 않아도.

뭔가 보답해야 한다거나 언젠가 갚아야지 하는

부담을 느끼지 않았으면 좋겠어요.

다만, 내 마음 나눠준 대신

이런 기대를 조금 하기도 합니다.

외로운 밤, 연락할 친구가 없다고 느껴질 때

생각나는 친구이면 좋겠다.

혼자 이겨내야지 다짐한 괴로움이 있을 때,

말하진 못해도

곁에 있어줬으면 하고 바라는 사람 중 한 명이면 좋겠다.

우는 모습 보이기 싫으면서도

속절없이 무너지는 당신을 받아줄 거라

I wonder
who you are
기대하는 사람이 나였으면 좋겠다.

너를
알고 싶어
사실, 이런 바람을 아예 갖지 않을 수야 있겠어요?

하지만 그때마다 그런가 보다, 하고 넘기고 말테니
크게 신경 쓰지 않아도 괜찮습니다.
아무 대가 없이 내 마음을 당신에게 준 거라 생각하겠지만,
그걸 받아주고 당신의 이야기를 나에게 들려준 사실만으로
이미 그 대가로는 충분하니까요.

배려하다

겉에서 보면 손해 본 듯해도
마음을 준 사람이 받은 사람보다 많은 것을 얻었다 느끼게 되는 일.

산책

게슴츠레 하던 눈이 절로 휘둥그레 커집니다.

"아, 예쁘다!"라는 말만 벌써

몇 번 했나 모르겠어요.

볕 좋고, 바람 적당하고,

마침 꽃도 흐드러지게 피었고.

자박자박 걷고 있자니 별별 고민, 걱정 모두 일시정지.

미간 찌푸리며 속을 곪게 만들던 일들이

참 하찮게 느껴집니다.

내내 그리 애를 끓여 뭐하나 하는 생각도 들어요.

그렇게 잠깐 마음을 달랩니다.

이 예쁜 꽃그늘 아래를 걸으며.

좋아하는 차 한 잔 마시며.

I wonder
who you are

너를
알고 싶어

곱다

보는 이의 마음이 괜히 간질간질해서
미소가 나올 만큼 얌전하고 아름다운 것을 말할 때의 기분.

지금보다 더 나은 사람이 되고 싶어.
너에게만큼은.

이 순간

당신에게 만큼은 상냥한 사람이고 싶습니다.

더없이 친절하고, 따뜻하고

세심한 사람이고 싶어요.

원래 그런 사람이 아니라서,

더 그리 되고 싶은 건지도 모르겠습니다.

지금보다 나은 사람이 되고 싶어요.

당신에게 좀 더 멋진 사람으로 남고 싶습니다.

I wonder
who you are

너를
알고 싶어

들이좋다

존재만으로 나를 행복하게 하는 사람을
마주하는 순간의 마음.

가까이서 자세히

서점에 놓인 수많은 책 가운데 유난히 눈길을 사로잡는 한 권이 있습니다. 표지를 가만히 보다가 몇 장 넘기며 속을 들여다보니 읽고 싶은 마음이 확 일었지요. 책을 곱게 끌어안고 집으로 와서 손때라도 묻을까 조심스레 펼쳐봅니다.

제목부터 문장 하나하나, 모조리 새겨 넣을 듯 집중하게 됩니다. 흥미진진한 부분을 만나면 밤이 깊어지는 게 너무나 아쉽더군요. '맞아! 나도 이런데!' 하고 마치 내 이야기를 보는 듯 공감을 불러일으키는 대목도 많습니다.

때론 말 같지도 않은 전개가 펼쳐지기도 하고, 문장 하나를 끝까지 읽어내기가 고역일 만큼 지루한 부분도 있지요. 하지만 손에서 놓지 않고 늘 곁에 두며 성실하게 한 장 한 장 읽게 됩니다.

가만 생각해보니 끝이 어떻게 될지 궁금해한 적이 없어요. 그저 지금까지 읽어온 시간이 즐겁고, 오늘 읽을 부분이 무척 궁금할 뿐입니다. 오랜만에 느낀 즐거움이라 앞으로 계속 곁에 두고 볼 수 있다면 더 바랄 게 없겠어요.

내가 만난 당신처럼 말입니다.

흥미롭다

알면 알수록 모르는 것에 대한 궁금증이 생겨
곁에 두고 오래도록 알아가고 싶은 마음.

눈으로 말해요

말로 설명해야 알게 되는 생각과 감정이 있습니다.

하지만 그것만으로는 채 전달되지 않는 무엇도 분명 있지요.

마음을 전하고 듣기 위해서는

귀로 들을 수 있는 말과 눈으로 읽는 말,

모두 중요합니다.

어느 한쪽만으로 완벽한 통로가 될 순 없지요.

내 마음 보내는 방법의 부족한 부분을 서로 채워줄 때

진심은 더 확실하게 오해의 여지없이 전달될 겁니다.

그래서 눈으로 마음을 전달하는 일은

소리로 전하는 일 못지않게 중요하지요.

눈으로 보내지 못한 마음은 말로 채워주고,

말이 담아내지 못한 마음은 눈빛으로 전할 수 있습니다.

다정하다

대화 사이사이 말이 마음을 온전히 담지 못해
생겨난 틈으로 정을 가득 채워 건넬 때의 기분.

네게 하고 싶은 말

자꾸 실패만 거듭하는 일들 앞에 서면

하염없이 자신이 초라해집니다.

정을 담아 의욕 충만하게 시작한 일이라면

그 초라함은 더하겠지요.

누군가는 그런 내 모습이 안쓰러워

응원과 위로의 말을 건네기도 할 겁니다.

말하는 이의 마음은 말과 같을 텐데,

듣는 나의 마음은 때에 따라 제멋대로 해석하곤 합니다.

대부분 고마운 마음이 많겠지요.

하지만 때론 '나의 초라한 모습을 보고 비웃는 건 아닐까' 하는

생각으로 괜히 울컥하기도 합니다.

불퉁한 표정을 지으면서 말이에요.

어쩌면 응원이나 위로를 받을 준비가 안 되었던 건 아닐까.

위로의 말은 그것을 원하는 마음이 가장 클 때

힘을 낼 수 있을 겁니다.

응원이나 격려도 마찬가지겠지요.

어떻게든 나아지고 싶다,

지금은 힘들어도 결국 이겨내고 싶다는 바람을

일부나마 남겨 두고,

응원과 위로의 따뜻한 말 한 마디를 있는 그대로 받아들일

준비를 해야 하지 않을까요.

그 말을 건넨 누군가를 향한 고마움을

조금이나마 표현하기 위해서라도 말입니다.

믿다

하고자 하는 일을 해낼 수 있을 거라는 응원에 힘입어
실패를 딛고 자신의 발전 가능성을 확신하게 될 때의 마음.

풋사랑의 맛

누구에게나 마지막이길 바랐던 첫사랑이 있을 겁니다. 언젠가 이별이 올 것을 알지만 시작할 수밖에 없었던 애틋한 마음은 오래도록 지워지지 않고 흔적을 남깁니다.

사랑은 태어나고 죽기를 반복합니다. 어떤 사랑의 생애에는 운이 좋아 연애로 이어지기도 하고, 또 어떤 사랑은 혼자만 오래 머물다 가기도 합니다.

마음이란 녀석은 참으로 고집이 세기도 해서, 내 의지대로 잘 안 될 때가 많아요. 상대가 원한다고 선뜻 내어줄 수도 없고, 얻고자 한다고 쉽게 얻어지지도 않습니다. 감추고 싶다고 잘 숨겨지지도 않고요. 그런 제멋대로인 마음을 순탄하게 키워내기도 쉽지만은 않습니다. 상대를 배려해가며 완급 조절을 하기엔 내 마음이 주체 못할 정도로 날뛰는 일도 허다합니다. 내겐 순수한 애정이지만 상대는 부담으로 느낄 수도 있겠지요. 내 표현이 있는 그대로의 모습으로 순수하게 전달되기도 쉽지 않습니다.

시간이 흐르면 사랑도 나아질까.
마음만으로 되지 않은 것들이 참 많구나.

내 마음에 차고 넘치는 애정을 관리하는 일.

상대에게 보기 좋고 먹기 좋게 마음을 숙성시켜 전하는 일.

의도치 않게 상처를 주게 됐을 때, 너무 이르거나 늦지 않도록 상대를 보듬는 일.

그 외에도 첫 번째 애정의 많은 시행착오를 거치면서 누군가를 사랑하는 일이란 참 어렵다고 느껴질지도 모르겠습니다. 진심을 다한다고 해서 모든 일이 순탄하게 이뤄지는 것만은 아님을 깨닫기도 할 테고요.

하지만 '처음'도 시간이 흐르면 '경험'이라는 이름으로 다시 새겨질 겁니다. 애정의 역사에 첫 장이 되겠지요. 첫 장의 마지막 줄엔 첫 번째 애정의 과정에 관한 나름의 분석도 이뤄질 테고, 두 번째 애정에 대한 기대와 바람도 한 줄 정도 덧붙이게 될지도 모릅니다. 그렇게 몇 번을 경험하게 된다면 점점 나에게 맞는 애정 관계 대처법이 만들어지게 되겠지요.

물론, 정답은 없습니다. 회를 거듭하며 우리는 조금씩 더 지혜롭게 대하는 요령을 익히게 될 겁니다. 애정이 가진 여러 가지 모습에 대해 훨씬 더 다양한 선택이 있음을 스스로 깨닫게 되는 날이 올 거예요.

당혹스럽다

꿀같이 달콤하고 꽃내음처럼 향기로울 것이라 생각했던 감정이
약처럼 쓰고 괴로운 냄새를 풍길 수도 있다는 것을 알게 된 순간의 마음.

이렇게 이기적인 나여도, 괜찮을까?

특별하다

도저히 이해할 수 없는 모습도 이해하려고 노력하게 되고,
이상형과 뚝 떨어져 있는데도 왠지 눈길 가게 되는 사람을 향한 나의 마음.

나와 또 다른 나, 그리고 당신

어쩌면 그 사람만큼은

나의 은밀한 속내를 속속들이 다 알고 있는지도 모르겠습니다.

남들은 와본 적 없는 깊은 곳까지

함께 수영하며 오가곤 했으니까요.

때로는 함께하는 시간이 즐거워

아직 보일 준비가 되지 않은 마음의 심해까지

다다른 적도 있습니다.

그럴 때면 화들짝 놀라

다시 그의 손을 잡고 위로 빠르게 물질을 하지요.

그는 이미 여기저기 숨겨둔 나의 은밀한 모습들을

적나라하게 봤을지도 모릅니다.

이기적이고, 때로는 비겁한, 유치하며, 잘 토라지기도 하고,

당당해 보이는 겉과 달리 초라하게 주눅 든 모습들까지도.

알아요. 언제까지 감출 순 없겠지요.

하지만 지금은 아닌,

때가 되어 좀 더 준비가 되면, 하는 마음입니다.

별일 아닌 별일

어제 생을 마감한 사람은 오늘을 그토록 바랐다고 하는데,
그런 오늘 치고 사실 별 느낌이 없을 때가 많습니다.
난 어제 죽은 사람이 아니니까요.
매번 간절한 소중함을 느끼고 살기도
참 피곤한 일 아닐까요?
누군가의 간절함과 나의 간절함은 전혀 별개의 것이기도 하고요.
하루하루 별일 없이 무덤덤하게 사는 게 지겨울 순 있겠지만,
어쩌면 그것이 지극히 현실적인
행복의 모습 아닌가 싶기도 합니다.

지나치고 있는지조차 모를만큼 사소한,
그런 행복들이 우리 삶 여기저기에 널려 있지요.
갖고 싶던 디자인의 머그잔을 재래시장 그릇 코너에서 획득하
는 순간! 무려 반값으로!
주린 배를 움켜쥔 채 퇴근해서 목이 따갑도록 시원한 맥주와
뜨끈한 피자를 한입 먹는 순간!
대청소 후 땀에 절어 있던 몸을 깨끗하게 씻고 얼음커피 한잔

오늘 하루도 이렇게 별일 없이 지나가네.

이런 게 행복일까?

들이키는 순간!

혼자 좋아하는 줄 알았는데, 상대도 나에게 호감이 있다는 걸

눈치 챈 순간!

아껴뒀던 휴가를 한 번에 몰아 여행을 떠나게 된 순간!

한 번도 깨지 않고 푹 잔 뒤에 기분 좋게 눈을 뜨는 순간!

바삭하고 보송하게 마른 수건과 속옷이 몸에 닿는 순간!

이런 순간들을 나열하자면 끝도 없이 쓸 수 있습니다.

대부분 순간일 수 있지만, 그 순간들이 모여

하루 혹은 며칠을 내내 행복하게 만들어주곤 합니다.

물론, 단 하나의 행복도 없는 날도 있지만

매일 행복하지 않아도 뭐 어때요.

무덤덤하면 그런대로 또 좋지요.

행복하다

내 마음이 즐겁고, 기쁘고, 설레고, 편안한 순간들을 찾아
곁에 두고 함께할 때의 기분.

아, 쉬고 싶다

사람은 누구에게나 저마다의 과속방지턱이 있습니다. 위치나 높이는 제각각이어도 누구든 과속방지턱에 다다르면 서서히 속도를 늦춰야 합니다. '에라, 모르겠다!' 달리던 속도 그대로 넘게 되면 오히려 큰 충격을 받을 수도 있지요. 빨리 달리고 있을수록 그 충격은 더 클 테고요.

혼이 쏙 빠질 정도로 분주하게 지내다 몸과 마음이 과열될 즈음이면 저 멀리 과속방지턱이 보일 겁니다. '잠시 쉬고 싶다', '푹 자고 싶다', '어디 여행이나 갈까?', 혹은 엔진이 심하게 과열되면 '다 그만둘 거야', '도망치고 싶다' 하고 때마다 다른 높이로 나타났을 거고요. 삶의 속도가 위험 수위에 다다랐다는 의미겠지요.

신호를 모르진 않았을 겁니다. 다만, 현실적인 문제를 간과할 순 없을 거예요. 마음의 여유를 누리기 위해선 물질적인 여유가 어느 정도 필요하니까요. 알고 있기 때문에 속도를 유지할 수도, 줄일 수도 없어 한동안 괴로울 따름이지요.

원하는 때 내 마음대로 주차해버리고 홀가분하게 운전대를 놓긴 어려워도, 잠시 정차하고 쉬어가긴 해야 하지 않을까요.

동네 산책을 하거나, 좋아하는 카페로 가 시간을 보내거나, 보고 싶던 영화를 보거나. 특별하지 않은 일로도 과열된 엔진을 잠시나마 식힐 수 있습니다. 언제까지나 고속으로 달릴 순 없으니까요.

안온하다

자신에게 켜진 쉬는 시간의 신호를 알아채고
잠시 멈춰 가만히 숨을 고르며 휴식할 때의 마음.

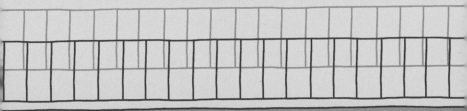

진심의 성격

'진심'이라는 말로 실수할 뻔한 적이 한두 번이 아닙니다.
속마음을 표현하는 일이 잘못은 아닐 거예요.
다만 진심을 전하기가 어려울 따름이지요.
솔직하게 말하자니 진심이 전해지기도 전에
상처를 줄 것만 같고,
오해하지 않는 선에서 솔직함을 표현하기란
참으로 어렵기만 합니다.
'진심'이란 신중에 신중을 거듭하다 못해
답답할 만큼 오래 생각하고,
또 생각에 생각을 거듭한 끝에 우러나오는
그 마음이 아닐까요.

숫접다

진짜 속마음을 드러내기엔 수줍고 쑥스러워
어찌할 줄 모르는 마음.

차근차근

처음 문을 열 때가 가장 어렵습니다. 게다가 누구도 열어본 적
없는 문이라면 더욱 그렇겠지요. 문 뒤의 세상이 어떨지 온갖
상상력을 동원해서 그려보게 됩니다. 그리고 그 상상의 대부
분은 막연한 불안으로 채워지기 쉽고요. 대개 그렇 듯 내 마음
도 좀 고약한 것이, 긍정적인 예감보다는 부정적인 생각이 들
때가 많더군요. 시간과 노력을 낭비하고 결국 후회하게 될지
도 모른다거나, 실패하게 되면 다시 돌아오기 어려워 괴로워
질 게 분명하다고, '나를 생각하는 마음'을 전면에 내세워 말을
하곤 합니다. 하지만 정말 그런지 아닌지는 해봐야 알 수 있겠
지요. 해보기 전까진 절대로 알 수 없는 일들이 세상엔 훨씬 더
많으니까요.

이루고자 하는 꿈이 있다면 무작정 덤비기 이전에 마음의 준
비가 필요합니다. 용기라든지, 다짐, 태도, 지칠 때를 대비한 원
동력 등, 사전에 점검해야 할 몇 가지가 있지요. 스스로 한계점
에 다다를 때를 대비해서 두 가지 선택권을 갖는 것이 가장 중
요한 준비라고 생각합니다. 하나는 '에라, 모르겠다!' 하고 우직
하게 밀고 나가려는 마음, 다른 하나는 '이제 그만, 여기까지!'

라고 선언하고 포기할 수 있는 마음입니다. 누가 뭐라고 해도 내가 할 수 있는 데까지 열심히 하겠다는 마음과 할 수 있는 만큼 할 일을 모두 했으니 그만둘 수도 있다는 마음. 얼핏 보면 완전히 다른 마음인 것 같지만, 그 둘은 '최선'이라는 가장 중요한 부분을 교집합으로 갖고 있습니다.

그러니 이 두 마음을 갖고 간다면 가고자 하는 그 길, 하고자 하는 그 일 앞에서 실패에 대한 두려움을 어느 정도 덜어줄 수 있을 거예요.

견실하다

나에게 일어나지 않길 바라는 일이 생길 수 있음을 알면서도
묵묵히 자기가 하고자 하는 일을 해나가는 모습.

별 따는 밤

하나의 결과를 만들기 위해 이리저리 동분서주했습니다.

다시 하라면 이젠 자신 없을, 그런 일도 많았고요.

모르는 이에게 어렵사리 부탁도 해보고,

익숙해지기까지 공부도 해야 했습니다.

예고 없이 튀어나오는 난관도 어떻게든 뛰어넘어야 했고요.

포기하면 그만인 것을,

훗날 닥쳐올 후회를 감당하기가 더 싫었습니다.

도망치는 내 모습을 보고 싶지도 않았고요.

지친 나 자신을 달래가며,

또 일을 복잡하게 꼬기만 하는 주변을 정리해가다 보니

어쨌든 끝이 보이긴 하네요.

어느 정도 수확도 생겼고요.

처음, 이 일을 시작하며 바랐던 만큼의 수확은

아닐지도 모릅니다.

I wonder
who you are

그게 사람이든 돈이든, 기술이든 말이죠.

하지만 수확한 분량과 별개로

너를
알고 싶어

우직하게 일구고 가꾸어, 무사히 지난 시간을 채웠다는

사실만으로도 가슴 뿌듯합니다.

빛나게 채운 시간을 소중한 사람들과 함께힐 생각을 하니

더욱 기쁘고요.

잘 참고, 잘 견디고, 잘 버틴

보람이 느껴집니다.

흐뭇하다

어렵고 고되다고 그만두지 않고
끝까지 관철시켜 이뤄낸 일을 바라볼 때의 마음.

3
나는 너에게,
너는 나에게
Get close to you

알면서도 못한 말

고맙다고 말해야지.

이 말 꼭 전해야지 하다가도

막상 마주 보게 되면 그 말,

쏙 들어가버리고 맙니다.

입 밖에 꺼내기엔 가슴팍이 너무 간질간질해서 말이에요.

고마운 마음이 깊고 진할수록

말의 무게도 덩달아 무거워져서

마음 깊은 곳에서 꺼내기가 여간 힘들지 않습니다.

하지만 고마운 마음이 아무리 크다 한들

속에서 오래 묵히기만 해서는 상대가 듣지 못하겠지요.

그냥 말해보는 건 어때요. 자연스럽게.

때로는 어색하고, 쑥스럽더라도.

도란도란 이야기 나누다가 뜬금없이.

전화 통화하며 갑자기.

함께 길을 걷다 어느 순간.

언제 어디서든 무슨 상관인가요.

고맙다. 그 짧은 한 마디면 되는 걸요.

네가 있어서 참 고마워.

고맙다

좋은 일이든, 나쁜 일이든, 수많은 추억과
시간의 실타래에 함께 묶여 믿고 의지하게 된 사람을 향한 마음.

지금

언제, 어디든, 무엇에건 사랑이 배어 있는 시간,

아침에 거울을 보면 베개자국 남아 있는 못난 얼굴에도

사랑이 한가득 들어 있지요.

손발이 오그라들 듯이 쑥스럽지만 정말입니다.

온통 기운 빠지는 일 틈바구니에서도

문자 메시지 한 줄에 배시시 웃어요.

내 삶에 사랑이 충만한 요즘입니다.

물론, 이 시간이 영원하지 않을 것임을 압니다.

세상 만물이 다 변하는데,

하물며 사람 마음이라고 어디 영원할 수 있을까요.

어쩌면 그래서 지금의 감정이 더 애틋한지도 모르겠습니다.

찰나의 순간이라도 좋습니다.

두근두근 설레는 이 마음, 찌릿찌릿한 느낌,

마냥 즐겁고 행복하기만 한 이 순간을

더 깊이, 충분히 누려보고 싶어요.

설레다

한 사람을 생각하기만 해도 마음이 들떠서 볼이 붉어지고,
입가가 실룩거리며 난데없이 심장이 두근거리는 기분.

나부터 새롭게

'자, 이제 나 자신을 만나볼까!' 하는 생각으로 자세 잡고, 따로 시간을 내고, 그럴 필요 있을까요. 왜 굳이. 일부러 자리를 마련하지 않아도 됩니다. 독대하듯 그럴 수도 없을 거고요.

'나는 요즘 어떤 상태일까?'라는 질문을 스스로에게 심심찮게 던져보는 것으로 충분합니다. 태풍에 휩쓸리듯 정신 사나운 날이면 혼자 계단실에 앉아서. 다른 사람의 말을 들어주느라 바빴던 하루를 욱여넣은 귀가길 지하철 안에서. 너는 내 신세에 비하면 힘든 일 따위 전혀 없을 거라고 말하는 친구와 헤어지고 나서.

'아, 지금 내 기분 대체 어떤 거지?' 하고 툭, 던져보는 겁니다.

때에 따라선 질문이 끝나기도 전에 서러움이 복받쳐 눈물부터 터질지도 모르겠습니다. 씁쓸한 응원을 스스로에게 보내기도 할 테고, 나보다 못한 사람들을 떠올리며 그래도 나는 살 만한 편이라고 위로하겠지요. 가끔 욕이 나올 만큼 분노가 치밀기도 하고, 다 소용없다며 무력감을 느낄 수도 있습니다. 물론 즐겁고 기쁜 날도 많이 있겠지요. 그런 날은 또 그런대로 나름의 기분이 있을 테고요. 마음이 어떠한지에 따라 질문에 대한 자

신의 반응은 제각각일 겁니다.

가볍게 나의 마음 점검하는 일이 그리 어렵진 않을 거예요. 하지만 그렇기 때문에 더욱 무심해지기 쉬운지도 모릅니다. 내 마음, 내 감정이니까 의지만 있다면 충분히 관리할 수 있다는 생각도 들고 말입니다. 그럴 수도 있겠지만 한꺼번에 몰아서 하는 일이란 쉽던 것도 복잡하고 어렵게 만들기도 하지요.

마음의 틈새로 놓친 작은 감정들이 이리저리 뒤섞이면 그것들 개개의 성격도 달라지고 맙니다. 나중엔 무슨 질문을 해도 내 마음이 어떤 상태인지 영 알 수 없어 괴롭기만 한 순간을 만날지도 모르고요.

그러니 '내가 왜 이러고 사나?' 하며 사람 맥 빠지기 딱 좋은 질문을 스스로에게 던질 일이 오기 전에, 자신의 기분을 미리 자주 만나보는 편이 좋다고 생각합니다.

반갑다

늘 궁금하고 그리워했지만 이 핑계, 저 핑계로 만남을 미뤄오다
오랜만에 마주하게 된 순간의 마음.

그대에게 가는 길

간밤에 잠은 잘 잤을까?

아침은 먹었나? 출근은 무사히 했을까.

이리저리 인파에 치여 피곤하겠지.

메신저엔 언제 접속하려나.

오늘은 어떤 기분일까. 퇴근 후에 약속 있을까?

비 오는 날, 우산은 챙겼을까.

좋아하는 꽃은 뭘까?

오다가 주웠다는 농담이라도 던지며 꽃이라도 건네볼까?

잠들기 전, 오늘 있었던 사소한 일 하나하나

빠짐없이 모두 들어주고 싶은 내 마음 알까?

오늘 하루도 수고했다고, 다독여주고 싶은 내 심정 알까.

언제까지 이렇게.

또 언제쯤이면 이런 일 가능해질까요.

언젠가 그런 날이 오기는 할까요?

Get
close to you

갈등하다

나는 너에게,
너는 나에게

마음과 현실 사이 간극이 있어 어느 한쪽을 포기해야 하지만
둘 다 소중함의 크기가 같아 선뜻 한쪽을 버리지 못할 때의 어지러운 마음.

가시밭길이라도

네가 거기 서 있다면…

우리, 함께, 여기에

그와 나 사이에 모든 경계를 허무는 일.

누군가를 믿고 의지하게 된다는 건

아마 거기서 출발하는지도 모르겠습니다.

뾰족한 가시가 촘촘히 박힌 철조망으로 만든 방어선을 끊어

특별한 이의 방문을 흔쾌히 반긴다는 의사 표시를 합니다.

누군가를 내 마음에 기꺼이 담겠다는 말이자,

경계선 밖의 그 사람에게로

내가 들어가고 싶다는 의미이기도 하지요.

경계를 완전히 풀고 나서야

나와 그는 우리라는 단어로 서로를 이을 수 있게 됩니다.

내 마음을 안전하게 지키려고 겹겹이 쌓은 담을

무너뜨리기까지 많은 고민이 있었지요.

언젠가 이런 용기가 필요할지도 모르겠다고 생각했습니다.

그리고 지금, 그때가 된 것이고요.

아무 일도 생기지 않아 적막하고 서늘했던 마음에

온화한 기온이 가득한 것 같습니다.

아주 오랜만에 느껴보는 '함께'라는 기분.

서로를 밀어내던 경계가 사라지고
마침내 '같이' 있다는 이 느낌,
참 좋네요.

의지하다

나와 그 사람의 마음이 사선으로 서로에게 기울어
어깨를 가만히 맞대고서 따뜻하게 상대를 보듬어주는 시간.

당신이 참, 좋아요.

소중해지기 위한 조건

함께한 시간이 길다고 해서 친분이 비례하여 쌓이진 않지요.

다만 마음의 거리를 좁힐 만한 기회는

그만큼 많았을 겁니다.

한편, 기회가 많이 주어진다고 해서

전부 활용할 수 있을까요.

그렇지는 않겠지요.

함께한 시간을, 또 기회를 얼마나 충실하게 활용하느냐는

전적으로 나 자신에게 달린 일.

사람이 사람을 만나 인연을 만들어 나간다는 것은

그저 단순히 함께 시간을 보낸다는 그 이상의 의미입니다.

보이지 않는 데서 마음을 쓰기도 하지만

때로는 상대가 보이도록

'나 너를 위해 이런 노력을 하고 있어' 하고

드러낼 필요도 있어요.

그래야 알 수 있으니까요.

내가 당신을 위한 시간을 어떻게 채우고 있는지를.

마지막으로 서로의 시간을 잘 채우는 것만이
인연을 지속시키는 충분조건은 아님을 알아야 합니다.
내가 할 수 있는 일은 거기까지입니다.
그를 위해 시간을 내고, 열심히 채우는 것이지요.
나머지는 함께 만든 재료들이 잘 버무려져
그저 잘 숙성되기만을 바라며 기다리는 일뿐.

친하다

하루하루 살아가기에도 벅찬 나의 시간을
상대의 사소한 일상을 함께하는데
기꺼이 내어줄 수 있는 사이가 되는 일.

차곡차곡

나에 대해 무엇이든 먼저 알아주기를, 이해해주기를,

그리고 배려 받기를 원했지요.

당신도 나와 마찬가지라서 많이 싸우고,

그만큼 화해도 했습니다.

좋아하는 것은 금방 알게 되었지만,

싫어하는 것을 눈치 채는 덴 시간이 좀 걸렸지요.

좋아하는 것을 선물하는 게 당신을 위하는 것이라는 생각에서

싫어하는 일을 하지 않는 일이야말로

진짜 이해하는 것이라는 생각으로 옮겨오기까지

오래였던 듯합니다.

안녕을 말하고 등을 돌리려고 한 적도 여러 번이었지요.

그러나 그때마다 무사히 넘겨 우리는 여전히

함께 시간을 엮어가고 있습니다.

사이사이 좋은 마음도 있고, 얄미운 마음도 있지요.

감탄하고, 실망하고, 미안하면서도 섭섭한 마음도 있고요.

구분하기 힘든 여러 마음들이 시간 사이를 잘 이어 붙여주며

나와 당신이 견고하게 함께하도록 만들어주고 있어요.

너와 함께한
시간들을
쌓다 보니
어느새…

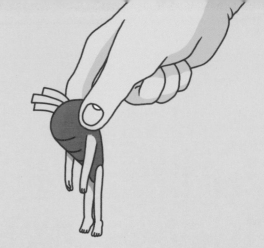

이젠 많은 것을 바라던 때는 지난 듯합니다.

단 하나, 이 시간이 지금처럼 앞으로도 오래오래

이어지길 바랄 뿐이지요.

정들다

오래, 깊게 함께하여 쉽게 자를 수 없을 만큼
단단한 마음의 연결고리를 공유하고 있는 이에 대한 마음.

가만히

일과 사람들 사이에서
눈을 부릅뜨고 날을 세우던 시간이 지나고 마침내 혼자입니다.
뭐랄까, 마치 사람들이 모두 빠져나가고 텅 비어버린
실내 수영장에 홀로 남은 기분입니다.
내 목소리가 누구의 귀도 거치지 않고
수면과 천장에 부딪혀 멍이든 채 다시 내게로 돌아옵니다.
외롭거나 무섭다기보다 왠지 모를 아늑함마저 느끼게 되네요.
내가 입을 다물자 곧바로 찾아온
정적이 만든 분위기를 잠시 느껴봅니다.
온몸에 힘을 서서히 빼면서.
그러자 몸은 수면과 수평을 맞추려는 듯
천천히 떠오르기 시작합니다.
애써 버둥거리지 않고 잠시 물 안에 포옥 안겨봅니다.
조금 찬 듯해도 느낌이 참 좋습니다.
마음속 뒤틀렸던 어딘가가 알게 모르게
스르륵 풀어지는 기분이 듭니다.
잠시만 눈을 감고서 지금의 기분을 더 느껴보고 싶습니다.

눈물이 어때서

어릴 적엔 툭하면 울곤 했습니다.

울기만 했나요. 모든 감정에 대한 표현이 극단적이었지요.

커가면서는 혼자 우는 일이 많아졌습니다.

그러다 문득, 아예 혼자서라도

절대 울어선 안 된다는 생각을 하게 되었어요.

아무리 혼자라도, 꿋꿋하게 이겨내야 한다고.

어른은 그래야 한다고 믿게 되었습니다.

울고 싶을 땐 울면 그만.

이 단순한 명제에 어째서

실패와 좌절이라는 꼬리표를 매달았을까요?

눈물이 나면 그냥 왈칵 쏟아버리면 됩니다.

거기에 이런저런 의미를 더 갖다 붙일 필요 없어요.

울지 않고는 못 견디겠다 싶을 땐

한바탕 실컷 쏟아내면 됩니다.

내가 운다고 문제가 해결되진 않지만

그렇다고 세상이 뒤집어지지도 않아요.

뭐 어때요. 겨우 눈물인데.

눈물이 터지면

그냥 울어…

의탁하다

'에라, 모르겠다.'라는 생각으로 앞뒤 가리지 않고
맘껏 기대어 위로받는 순간.

불안이 자란다.

그래도 너와 함께라면…

달래다

단단하고 굳게 자리 잡아 내 마음을 괴롭히는 불안을
찬찬히 쓰다듬어 말랑하고 자그마하게 만드는 일.

너와 나의 교집합

밥 먹듯 착실하게 챙겨 먹은 불안이

내 속에 그득합니다.

소화도 안 된 채 묵직해진 불안이

걸음마저도 위태위태하게 만듭니다.

어찌할 바를 몰라 쩔쩔매던 내게

어느 날 당신이 보이기 시작합니다.

아, 당신도 나와 같구나.

그대 마음도 절름발이마냥 절뚝이는 걸 보니,

나와 마찬가지겠구나.

비슷한 처지의 당신을 보고 나니

혼자가 아니라는 생각이 듭니다.

이 불안이 해결된 것도 아닌데.

그저 나와 비슷한 처지의 당신이 곁에 있을 뿐인데.

그것만으로도 어쩐지

기울어진 서로의 마음을 맞대어 일으킬 수 있을 것만 같습니다.

그저 곁에 있는 것만으로도.

된다,

된다,

된다…

낙관하다

막연하게 행복하기를 바라는 마음에서
행복할 수 있다고 믿는 마음으로 변하는 순간.

최면

잘되면 좋겠다, 정말 잘되면 좋겠어.

스스로에게 나긋하게 되뇌는 말이 순간,

입 밖으로 조용히 흘러나옵니다.

소원이 이뤄지길 바라는 마음 가득하다 보니

말이 되어 나오기도 하네요.

이참에 주문 외듯 차분하게,

하지만 또박또박 소리 내어 말해볼까요.

잘되면 좋겠다.

그래, 잘될 거야.

내 귀에만 들릴 만큼 작은 소리로

사분사분 자신에게 말을 합니다.

차곡차곡 쌓이는 말들이 기분 좋은 응원이 되어

나에게 특별한 힘을 주는 것만 같아요.

이런 기분이라면 바라던 일이

금방이라도 이루어질 것만 같습니다.

Get
close to you

나는 너에게,
너는 나에게

내가 택한 나무

내 능력으로는 도무지 오를 수 없는 나무에

더 미련이 남는 법.

애쓰다 보면 언젠가는 오를 수 있을 것만 같아

쉽게 포기도 안 됩니다.

그렇다고 해서 미친 듯이 매달려본 적도 없지만.

이제와 돌이켜보면

그저 크고 화려한 나무라서 멋있었던 게 아닐까 싶어요.

거기에 매달린 나도 덩달아 멋있는 사람인 것만 같았고요.

한참 올려다볼 만큼 거대한 나무를 목표로 한다면

나도 뭔가 대단하고 중요한 사람처럼 보이지 않을까 하는 마음.

때로는 '도전'이라는 이름으로 포장하기도 했지요.

이제는 솔직해질 때도 되었습니다.

애초에 진심으로 원했던 일인지 생각해보니

그건 아니었던 것 같아요.

이제, 포기합니다.

그저 큰 노력 않고 열망하는 마음만 컸던 탓에

포기라는 말을 쓰기가 좀 쑥스럽지만,

미련이 조금 남긴 하지만, 그만 돌아서야죠.

언제까지 제대로 덤비지도 못할 일,

간절함도 없는 일에 시간을 보낼 수는 없지 않겠어요.

터벅터벅 길을 걸으며 생각에 잠깁니다.

어제의 미련이 아닌 내일에 대해 고민해보기로 합니다.

올려다봐야 할 나무 대신

일단은 내가 마주볼 수 있을 정도의 나무를 찾자고.

그래서 내가 택한 나무가

언젠가 잎이 무성하고 뿌리까지 튼실하게 자라기까지

함께 끝까지 노력하자고 말입니다.

확신하다

오랜 고민 끝에 어렵게 결정한 일에 대한 희망으로
성공할 수 있다고 굳게 믿는 마음.

우리 상처의 공유

마음 안에서도 가장 깊숙한 곳.

은밀한 그곳에 따로 만들어진 방.

그곳에 누구에게도 보인 적 없는 상처가

숨겨져 있습니다.

행여나 누가 볼까, 소리라도 들을까 싶어

꼭꼭 잠가두기까지 했지요.

행복이라면 모를까, 상처를 굳이 꺼내어 보일 일이 있을까요.

아마 남들도 내밀한 곳에 남모를 상처의 방 하나씩은

감춰두고 살겠지요.

그러나 이 마음은, 사랑은,

은밀하고 구석진 방까지도 모두 열어젖히게 만드는

힘이 있습니다.

그 어떤 상처까지도 모두 다 보듬을 준비가 된.

오히려 상처를 보여주는 것만으로도

Get
close to you

고마움이 일어 더 세게 끌어안을 수밖에 없는.

그래서 나 역시도 조금씩 마음을 열어

나는 너에게,
너는 나에게

상처를 보일 용기가 들게 만드는.

너와, 나의, 상처

위안하다

나와 그 사람이 서로의 상처를 보듬고 쓰다듬어
서서히 나을 수 있도록 힘이 되어 주는 일.

마음껏 말해

누군가에게 털어놓기도 힘들 만큼 마음이 괴로울 때, 이제 남은 대화 상대라고는 나 자신뿐인 그런 날. 자신과의 대화도 중요하다지만 막상 기회가 닿으니 어떻게 해야 할지 모르겠습니다. 이렇게나 진중하게 나와 오래 마주한 적이 없었거든요. 중력이 온몸으로 느껴지던 묵직하고 기나긴 어느 날. 일과를 마치고 집으로 돌아왔습니다.

저녁 먹을 힘조차 남아 있지 않았습니다. 지친 표정도 최소한의 체력이 있어야 지어지지요. 무표정하게 털썩, 의자에 반쯤 몸을 구겨 넣습니다.

뭔가 딱히 말하고 싶은 건 아니지만 속삭이듯 작은 목소리로 하루를 읊조리기 시작했어요. 몰래 이야기하는 것처럼 하기도 하고, 화를 내는 듯 소리치기도 하고, 조근조근 설명하기도 하면서. 이 이야기 했다가, 저 이야기 했다가 떠오르는 대로 마구 말했습니다. 그냥 방 안에서 혼자 말이죠. 그래요, 이상하게 보일 수도 있겠네요. 하지만 뭐 어때요. 지금은 나 혼자인데.

뜬금없었지만 불현듯 시작된 혼잣말이 소리가 커지고 몰입하게 되면서 그간 속에 묵혀왔던 온갖 이야기가 쏟아져 나왔습니다. 처음 물꼬를 튼 이야기가 다음 이야기를 끌어오고, 다음 이야기가 다시 다음, 또 다음, 그리고 다음.

설마 이런 일까지 담아뒀나 싶은 이야기도 줄줄이 이어집니다. 시간이 얼마나 지났을까요. 격렬한 운동 후에 숨 고르기를 하듯 요동치던 마음이 차츰 차분해지기 시작합니다.

그리고 의자에 앉은 채로, 잠시.

그대로.

쉬었습니다.

더는 아무 말 없이.

설토하다

죽을 때까지 말할 수 없을 거라 생각했던 일들까지
숨김없이 모두 이야기하게 되는 일.

나, 왜 이렇게 떠들고 있는 거니?

정말 중요한 게 무언지 모르고

바라는 마음만으로는 원하는 바를 이룰 수 없습니다.
'배고프다' 말만 해서는 밥이 절로 지어지지 않듯이.
하고자 하는 일을 씨앗이라고 생각해봅시다.
씨앗을 넉넉히 준비합니다.
하나만 있어도 괜찮지만,
좀 불안하니까 될 수 있는 한 많이 준비합니다.
양질의 토양으로 너른 밭에 씨앗을 심을 수 있다면
더할 나위 없이 좋겠지요.
그런 훌륭한 조건은 드물 테니 일단 화분을 마련합니다.
양분 가득한 흙도 가져오고요.
화분에 흙을 가득 담고, 적당한 깊이로 파서
군데군데 씨앗을 심습니다.
너무 다닥다닥 붙여 심으면 자랄 때
서로 방해가 될지도 모르니까 간격은 적당히 넓혀서요.
씨앗 위로 도톰하게 흙을 덮고
촉촉한 느낌이 들 정도로 물을 줍니다.
한 번에 많이 주면 썩어버릴 수 있으니

처음부터 욕심내지 않습니다.

끝이 아닙니다.

이제 기초적인 준비가 겨우 끝난 걸요.

앞으로는 싹이 틀 때까지 매일 흙 상태를 점검해야 합니다.

겉흙이 마른다 싶으면 약간 젖을 정도로 물을 줍니다.

볕도 쬐어주고요.

태풍이 불거나 폭우가 쏟아지는 고약한 날엔

방 안으로 옮겨놓습니다.

자주 들여다보고 애지중지 보살피며 아껴줘야 합니다.

이렇게까지 온갖 정성을 기울여도

단 하나의 싹도 나지 않을 수 있습니다.

마음을 다했다고 해서

꼭 그만큼의 보상이 있으리라는 기대는 거두세요.

결과란 언제나 예측불가능하고,

나의 바람과는 정반대의 모습으로 나타나는 일도

부지기수니까요.

하지만 미리 맥 빠지는 이야기로만 들리지 않으면 좋겠습니다.

그저 확실치 않은 부분에 대한 기대를 어느 정도는 버리고,

비워진 부분은 하고자 하는 일에 대한 애정으로만

채우는 편이 훨씬 좋다고 생각해요.

원하는 일이 있다면 씨앗을 심고,

할 수 있는 일을 하는 겁니다.

싹이 트면 마음을 다해 기르고,

싹을 틔우는 데 실패했다면 그 다음 씨앗을

다시 준비하면 됩니다.

현실로 만들기 위한 노력을 이어가보는 거예요.

결과에 크게 휘둘리지 말고, 꾸준하게 말입니다.

Get
close to you

미련하다

나는 너에게,
너는 나에게

남의 시선과 어려움에 굴하지 않고
우직하고 듬직하게 끝까지 자기 신념을 밀어붙이는 마음.

오늘의 의미

매일 저마다 제각각인 하루를 시작합니다.

어제의 우울함을 떨치려고 애써 씩씩하게 시작하는 사람, 피로가 쌓인 무거운 몸으로 어쩔 수 없이 시작해버린 사람, 학수고대하던 일이 있어 일찍 일어나 흥에 겨워 시작하는 사람, 안 될 지도 모른다고 의심하면서도 할 수 있다고 응원하며 시작하는 사람, 간밤의 일이 끝나지 않아 깨어 있는 채로 시작하는 사람, 새로운 시작을 앞두고 기대 반 두려움 반으로 시작하는 사람, 아무 것도 계획하지 않고 그저 되는 대로 살자며 시작하는 사람. 하루의 시작이 꿀맛인 이도 있지만 죽을 맛인 사람도 꽤나 많겠지요.

무사히 눈을 떴다면 오늘을 잘 살아내야 합니다.

어차피 살아야 할 오늘. 기왕이면 시작을 즐겁게 해보는 편이 어떨까요. 교과서처럼 너무 빤한 말인가요? 하지만 이런 식상한 말조차도 때로는 꽤나 효과가 있기도 합니다.

좋아하는 샤워비누를 쓰면서 흥을 좀 내보고, 신나는 곡으로 기운을 돋우는 일. 바라보면 왠지 기운이 생기는 물건을 보며

힘을 내자고 하는 일들 말입니다. 입 밖으로 '으라차찻!' 하고 소리를 내어 응원을 보내는 것도.

한 번 찾아보세요. 일상 속에서 나를 기운 나게 하는 일이 뭐가 있는지. 뭐든 좋습니다. 축 늘어진 마음을 위로 쭉 잡아당겨줄 수만 있다면 뭐라도.

'그게 다 무슨 소용이야!' 할 만큼 벌써 많이 지쳐 있는지도 모르겠습니다.

하지만 그렇게나 힘든 나날일수록 더더욱, 하루의 시작만은 즐겁기를 바랍니다. 온전히 나를 위해서. 그 이후엔 남을 위해 시간을 쓰느라 괴로워지더라도 하루의 시작만큼은 나를 위해. 그렇게 잠시나마 즐거움을 느낀다면 언젠가 진짜 기운이 솟아나 하루의 피로 따위 가뿐히 메칠 힘도 생길겁니다.

선택하다

나에게 주어진 시간을 어떻게 채울지
충분히 생각한 뒤 원하는 것을 고르는 일.

4

혼자
남겨진
것처럼

Feel lonely

인생이라는 게,
이렇게 망망대해를 홀로 건너는 느낌인 걸까?

섬

세상 모든 사람이 증발되고 혼자 남겨진 기분입니다.

일상생활은 그런대로 잘하고 있는데도 말이에요.

사람들과 별 문제없이 지내고, 친구들도 만나던 대로 만나고,

일도 그럭저럭 큰 불만 없이 하는 것 같고.

그런데 불쑥,

사람이든 일이든 종일 나를 에워싸는 것들로부터

벗어나고 싶다는 마음이 왈카닥 들곤 합니다.

반대로 무언가에 좀 더 깊게 연결되고 싶은 바람도 들고요.

도망치고 싶다가도 곁에 있고 싶은

이런 아이러니한 마음이

어째서 생겨난 건지 도무지 모르겠습니다.

평소에 마음이 들쑥날쑥하기라도 했다면

이유를 찾기 쉬웠을까요.

나의 안팎은 마냥 잔잔하기만 했는데

불현듯 솟구치는 감정들에 놀라기만 합니다.

문득, 아니 서서히

나도 모르게 수평선 같은 일상에 진저리가 난 걸까요.

아니면 이미 오래 외로웠던 마음을

더이상 견딜 수 없어서 이러는 걸까요.

더없이 편안한 표정으로 하루를 채우지만

달아나고 싶은 마음과 좀 더 가까이 머무르고 싶은 마음이

속을 어지럽게 만듭니다.

무엇으로부터 달아나고 싶은지,

또 가까이 가고 싶은지도 확실치 않으면서 말이지요.

이래저래 머릿속만 점점 복잡해집니다.

Feel
lonely

혼자
남겨진 것처럼

고적하다

어지러운 생각을 정리하고자 혼자 시간을 보내다
문득, 외로움에 사무쳐 쓸쓸해지는 마음.

어디서부터, 무엇부터 시작해야 할까…

이럴 줄 알면서도

할 수 있겠냐는 질문에 할 수 있다고 자신 있게 말합니다.

사실, 속으론 별거 아니라는 생각에 자만심까지 들 정도이지요.

늘 해오던 일이니까요.

가끔 대책 없이 넋 놓고 남 일 보듯 내 일을 대하는 때가 있습니다.

내 일이니 열심을 다해 임할 거 같아도

오히려 내 일이라 더 게을러지는 경우도 많습니다.

누가 시켜서가 아니라

스스로 알아서 해야 하는 일이라면 더더욱 말이지요.

그러다 정신이 퍼뜩 들 때는,

이미 일이 코앞에 다가온 다음입니다.

이제 와 후회가 다 무슨 소용인가요.

제대로 마음을 쏟지도 않은 채 근거 없는 자신감만으로는

뭔가를 이루기 힘들다는 사실을 뒤늦게 깨닫습니다.

가능성이란 노력 없이는 존재하기 어려운

Feel
lonely

허구에 지나지 않는다는 것도.

혼자
남겨진 것처럼

막막하다

'해야지, 할 거야' 하며 차일피일 미루다 막상 일이 닥쳤을 때
아무 것도 할 수 있는 게 없음을 알게 된 순간.

꼬리 물기

매일 머리가 무겁고, 마음이 어둡다 싶더니 역시.
하나둘 생겨난 걱정이 나를 이리저리 물고 늘어져 있습니다.
제아무리 긍정적으로 산다고 해도,
나도 모르는 불안과 걱정이 있긴 한가봅니다.
그래도 이렇게 한 번씩 마음이 묵직해진 핑계로
한숨 돌리기도 합니다.
주렁주렁 매달린 근심, 걱정들을 후드득 떨어내야지요.
나도 모르게 맺히는 걱정을 아예 없앨 수 있을까요?
간간이, 지금처럼 청소하듯 털어내는 거지요.
이참에 내 마음 한 번씩 돌아보기도 하고요.

난감하다

나름 잘하고 있다 알고 있던 일이
생각보다 잘되지 않고 있다는 것을 확인하게 된 순간의 마음.

각자 홀로 때론 함께

혼자 있다고 해서 늘 외로운 건 아닙니다.

외로움은 단순히 혼자인가 아닌가의 문제가 아닐 때가 많지요.

다만 나를 제외한 나머지 모두가 함께라는 것을 느낄 때엔

좀 쓸쓸해질지도 모르겠습니다.

그 쓸쓸함도 오래 머물지 않고 이내 사라지곤 합니다.

어차피 모두가 홀로 존재하고,

나만이 외로이 있는 것이 아님을.

그렇게 각자 혼자인 채로

함께하고 이별한다는 것을 알기 때문입니다.

나만 느끼는 마음이 아니라고,

그러니 혼자가 아니라고 재차 확인하며

묘한 위안도 느끼게 됩니다.

초연하다

타인에 의해 생겨나는 감정이 아닌,
나로부터 시작되고 사라지는 감정임을 깨닫게 되었을 때의 기분.

숨겨둔 집

우리는, '우리'라는 말의 테두리 안에서
서로 알게 모르게 수많은 상처를 주고받습니다.
상처란 어느 한쪽이 일방적으로 줄 수도 없고,
받을 수도 없어서 누구의 잘못이다 아니다 따지기엔
경계가 불분명할 때가 많습니다.
아무렇지 않은 듯 했던 일도 때마다
별일이 있었다는 흔적을 마음속에 남깁니다.
별다른 이유 없이 마음이 처지거나,
무난한 하루 끝에 까슬까슬 불쾌한 감촉으로
그 흔적의 존재를 알려주지요.
이런 느낌은 어쩌면 잠시 사람들로부터 벗어나
충전의 시간을 가져야 한다는 신호인지도 모릅니다.
아무도 모르는 나만의 공간을 찾을 때가 온 것이지요.

Feel
lonely

혼자
남겨진 것처럼

나 하나 들어가면 딱 맞는 크기의 작고 아담한 집.
문을 열고 들어가면 현관도, 창도 이내 사라져
누구의 눈에도 띄지 않는 집.

푹신한 베개를 베고 비스듬히 돌아누워

한껏 웅크린 채 깊게 잠들 수 있는 집.

언제든 찾을 수 있도록 작은 조명 하나 켠 채

그 자리에 늘 있어주는 집.

저마다 마음속에 나만을 위해 숨겨둔 그런 집이 있습니다.

이제 나의 집으로 들어갑니다.

쉼으로 나를 지킬 수 있게 하는 그런 집으로.

지키다

소중해서 잃어버리고 싶지 않은 무언가를
늘 살피고, 아끼며 보호하는 일.

언제까지 이렇게 지내야 하는 걸까?
나, 언제까지 버틸 수 있을까?

헤매고 있다 해도

가도 가도 끝이 없고,

해도 해도 줄지 않는 일을 만나는 매일.

하기 싫은 일을 만나는 날도 부지기수,

아등바등 사는 내가 답답한 날도 참 많습니다.

몸만 고달프면 참겠으나,

사람이 고달파 힘든 날도 여럿이지요.

한때 이루지 못한 꿈이 떠올라

늦은 새벽까지 마음이 뒤숭숭할 때면,

스스로 답하기 어려운 질문이 마구 쏟아집니다.

그런 밤을 보낸 다음 날에도

어제 같은 오늘을 다시 반복하곤 하지요.

어떤 결심을 하든, 그것만으로

지금의 모습들을 순식간에 짠하고 바꿀 수 있을까요?

설마요. 욕심이지요.

일과 사람에 오래 치이다 보면 언제까지 이래야 하나 싶고,

어느 순간부터는 막연한 두려움마저 들기도 합니다.

아무리 두려워도 아침이 되면

어떻게든 오늘을 시작해야 합니다.

답이 안 보이는 오늘이어도, 내팽개칠 순 없어요.

만약 그랬다면 오늘을 망쳐버린 후회까지

감당해야 할지도 모르니까요.

그러니 억지로라도 시작은 해야지요.

마음이야 어떻든, 오늘 하루는 어떻게든 흘러갈 겁니다.

지나갈 겁니다.

그리고 해가 지면 지난 밤 질문에 대한 답을

다시 찾아야겠지요.

오늘도, 내일도, 끝없이 자문해봐야지요.

울연하다

어떤 해결책을 원하고 있지만 스스로 무엇을 원하는지
정확하지 않아 헤매고 있는 시간을 대하는 마음.

자발적 고독

스스로 원해 홀로 남겨진,

참으로 능동적으로 고독한 밤입니다.

아드드, 작게 앓는 소리를 내며

허리를 쭉 펴고 눕습니다.

데친 시금치처럼 축 늘어져 몸에 힘을 다 빼고서.

움직일 수 있는 부위라곤 눈꺼풀뿐인 듯, 눈만 끔뻑이며.

조용한 밤의 틈을 비집고 들어오는

나긋한 소리에 귀를 기울여봅니다.

내 안팎으로 들고 나는 소리에 집중하다보면

어느덧 완만한 파고가 잔잔히 입니다.

그 파고 위에 올라타 어디든 흘러가도 그만인 듯

무심하게 마음속을 유영합니다.

혼자 있기 좋은 곳.

마음속으로 사라지기 좋은 밤입니다.

Feel
lonely

혼자
남겨진 것처럼

적요하다

방해 받고 싶지 않은 외로움 가운데에 고요하고 평온한 상태로
혼자만의 시간을 유유자적 누리는 순간.

존재의 거울

하나부터 열까지 마음에 안 드는 사람을 만났습니다.

평소 알고 지내던 사람이 아닌데 어디서 많이 본 것 같고,

익숙한 느낌이 들었어요.

눈길 주지 말아야지 하면서도

괜히 신경이 쓰여 그것 참 묘하다,

생각하던 찰나 알게 되었습니다.

마음에 안 들던 그 하나부터 열까지 모두

내가 갖고 있는 모습이란 것을요.

나와 비슷한 사람을 만나면

둘도 없는 환상의 커플이 되리라 생각했는데,

막상 대하고 보니 꼭 그렇지만도 않더군요.

끝끝내 인정하기 싫은 내 모습이 자꾸만 눈에 거슬립니다.

전혀 다른 스타일도 어렵지만,

꼭 닮은 이와의 관계도 쉽지 않네요.

놀라다

나 같이 괜찮은 사람이 없다고 생각했는데
한 발 떨어져서 보니 괜찮지 않음을 넘어
마주치고 싶지 않은 부분이 꽤 많다는 걸 알았을 때의 기분.

너 말이야, 어디서 많이 봤는데 말이야.

누군가로부터의 위로

사람에게 치여 그렇게 상처받고도

결국 위로받는 대상은 다시 사람입니다.

어깨를 다독이며 건네는 사소한 말 한 마디가,

독기를 가득 품은 채 내게 와 꽂혔던

그 많은 화살을 뽑아냅니다.

때로는 위로의 말이 아니어도,

그저 곁에 있다는 든든함만으로 상처가 아물기도 하고요.

상처 입어 숲으로 숨어들어간 동물처럼

잔뜩 웅크리고 있는 내게

누군가 말없이 다가와 곁을 지켜주면 좋겠습니다.

온통 상처뿐인 모습까지도 따스하게 지켜봐줄,

그 누군가가 무척 그리운 오늘입니다.

갈망하다

날 힘들게 한 사람에 대한 서러움이 그리움으로 바뀌어
더욱 간절하게 누군가를 바라게 되는 마음.

그냥 이대로, 조금 쉬고 싶어.

죽은 듯 가만히

사람들은 내게 나아지려는 의지가 없다고들 합니다.
노력 부족이라 탓하기도 합니다.
몸을 움직이면 의욕이 생길 거라고,
사람들을 만나 조언을 구해보라고,
일부러 약속을 잡아 밖으로 나서지 않으면
안 될 일을 만들어보라고도 하지요.
그 마음, 저도 알아요.
나 역시 소중한 누군가가
맥없이 하루를 낭비하는 것처럼 보이면
무슨 말이든 조언이랍시고 마구 쏘아붙일지도 모르니까요.
말투가 강경해질 땐 서운하기도, 한심한 눈빛마저 느껴지면
도리어 원망하기도 합니다.
이런 나의 상태를 몰라서,
답답하지 않아서가 아닙니다.
그저 마음의 기운이 다해 잠시 쉬고 있을 뿐.
얼마나 쉬어야 할지는 몰라요.
그 생각을 할 체력조차 남아 있지 않았으니까요.

생활에 치여 내 속을 긁어먹기만 하다 보니
더 이상 꺼내 쓸 내가 사라지고 말았습니다.

무기력하다

마음의 힘이 모두 바닥나
사소한 일상조차 감당하기 어려울 만큼
기운이 사라진 마음.

날조된 사과

크게 잘못을 저지르고 한없이 미안한 마음에

어쩔 줄 모를 때가 있습니다.

특히나 상대가 상처받을 줄 빤히 알고도 덤빈 다음엔

더더욱 후회가 큽니다. 그럴 땐 상대가 원하는 만큼,

용서할 때까지 충분히, 깊이 사과를 해야 합니다.

내가 이 정도로 잘못했나 싶은 마음은 걷어버려야 해요.

'난 분명 사과 했어', '이만하면 됐어'라는 생각은

전적으로 내 이기적인 기준에 지나지 않습니다.

'미안하다'라는 말은 건네는 입장에선

한없이 무겁지만 받는 입장에선 깃털보다 가볍지요.

입에서 귀로 전달되는 그 짧은 거리에서

많은 무게의 진심이 증발되고 맙니다.

그러니 더 무겁게, 더 진지하게, 더 깊이 있게 전해야 합니다.

미안하다는 말은.

비겁하다

잘못을 알면서도 마주할 자신이 없을 때,
그저 모르겠다고 말하며 외면하려는 마음.

그런다고 네 속마음이 감춰지진 않아.

다르다는 이유로

나와 다른 생각은 호기심을 부릅니다. 반대로 묘한 질투나 언짢은 감정을 일으키기도 하지요. 나, 혹은 우리와 다른 모습의 사람을 보면 자꾸만 눈길이 갑니다. 신기한 마음 그 아래엔 차마 말 못할, 어떤 비밀스런 심리도 있겠지요. 겉모습만 보고 판단해버리기도 합니다. 그 판단은 쉽게 바뀌지도 않지요.

그러다 내 생각이 선입견에 지나지 않았음을 깨닫게 되면 미안한 마음이 듭니다. 그리곤 이내 잊어버리지요. 대수롭지 않게. 말이나 행동으로만 표현하지 않으면 괜찮을 거라 여겼습니다. 어차피 보이지 않으니까 하고 말이에요. 하지만 매순간 내가 품은 마음이 눈빛과 말투를 통해 고스란히 상대에게 전해지고 있었습니다. 그리고 그에게 상처를 주고 있었고요. 종종 같은 실수를 반복합니다. 나와 다르다는 이유만으로 쉽게 판단하고, 선입견을 가지고, 거리를 둡니다.

그렇게 마음이 잔뜩 불편해집니다. 그런 선입견으로 고개 돌리는 내 모습에 실망하게 되고요. 실망을 통해 느낀 마음의 불편을 조금이나마 덜어내는 일은 어쩌면 아주 간단합니다.

'너는 그랬구나. 나는 이렇단다.' 담백하게 사실 그대로를 인정하면 되는 거니까요. 이유 없이, 조건 없이, 부대끼는 감정 없이.
실수를 반복해도 괜찮습니다.
다만, 실수에서 그치지 말고 그것이 남긴 불편을 조금이라도
지우기 위해 노력하면서 점점 더 나은 나로 달라지고자 하는
마음이 전제된다면 말이지요.

불편하다

당신에게 상처가 되리란 것을 알면서도
나의 편의를 위해 눈 감고 못된 마음을 먹을 때 드는 기분.

언제까지 이럴 건데

마음은 이미 저만치 앞서가고 있는데, 머리는 그 속도를 따라가지 못하고 있습니다. 아, 따라가지 못하는 정도가 아니라 어쩌면 방해하고 있는지도 모르겠어요.

무작정 달려도 돼, 몇 개쯤 건너뛰어도 괜찮아. 스스로에게 말하지만 그때마다 머릿속으로 이리저리 계산을 하고선 이렇게 되물어옵니다.

실수하면 어쩔 거야? 감당 못하면 어떻게 할 건데? 그러니까 너, 책임질 수 있냐고!

새로운 일을 시작할 때, 특히나 모처럼 마음이 동하는 일을 만났을 때, 문득 저런 질문으로 마음에 제동이 걸립니다. 때로는 미처 대답할 틈도 안 주고 몰아붙일 때도 있어요. 마음 가는 대로 따르면 그만인데, 차마 그러지 못하고 매번 멈칫멈칫, 머뭇거리게 됩니다. 그러다 나를 추월해 쌩하고 달려나가는 이를 보면, 뭐랄까요. 기분이 참 묘하고 복잡해집니다.

저런 용기와 추진력이 부럽다 싶다가도 확 넘어져버려라 하고 심술 맞은 생각이 들기도 합니다. 그러다 다시 잘됐으면 좋겠다 응원을 보내다가, 내가 저 사람이면 좋겠다는 상상도 해

봅니다. 거침없이 달려나가는 뒷모습이 잔상으로 남으면서 그 자리에 제자리를 맴돌기만 하는 내모습도 비칩니다.

언제까지 이렇게 내가 나를 붙잡고 있어야 할까, 얼마나 더 망설이고 그로 인해 후회해야하나. 후회라도 하면 움직일 마음이 들까. 나를 자극한 누군가의 모습을 보며 지금도 역시, 이렇게 생각만 하며 갈등하고 있습니다. 좀 더 과감해져도 괜찮을 텐데. 어쩌면 한 걸음만 내딛으면 그 다음은 쉬울지도 모르는데. 차라리 냅다 뛰어보는 것도 좋을 텐데 말이에요.

갑갑하다

마음과 생각이 서로 어긋장을 놓으며 싸우는 동안
하려고 하는 일을 하지 못하게 되어 생겨나는 마음.

진단

'참는 게 이기는 거'라는 말을 이따금 듣습니다.

너까지 그러면 결국 상대와 똑같다고.

참는 사람이 더 나은 사람이라고.

하지만 난 정말 모르겠습니다.

어째서 참는 게 이긴다는 건지.

참을 수가 없는데, 당하기만 한 내가 어째서

상대방과 똑같은 사람 취급을 받아야 하는지.

무작정 참는 것이 미덕이 될 수 있을까요.

내 가슴에 난 상처를 혼자 껴안으면서까지

참아야 하는 미덕은 대체 누구를 위함일까요.

매사 화를 분출하고, 되갚아주는 것만이 정답은 아닐 겁니다.

하지만 도저히 아니다 싶은 일,

나를 한없이 비참하게 만들고,

눈물 쏙 빼놓는 처사에 언제까지 참기만 해야 하나요.

참아서 얻는 건 '승리'가 아니라 결국 마음의 병 아닌가요.

그렇지만 끝끝내 상대가 아닌 나를 다그치며 참기만 한 나.

나에게 대체 무슨 짓을 한 건지.

진작 그만 참아도 된다고

왜 아무도 말해주지 않았지?

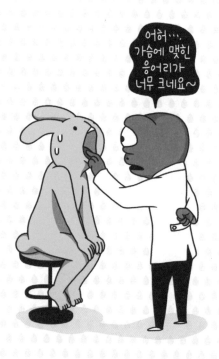

우리는 인생을 살면서 어느 정도 인내의 시간은 필요합니다.

아무리 억울해도 말이지요.

그러나 언제까지고 억누르고만 살 수는 없다는 것도

알아야 합니다.

때로는 스스로 꽉 조이고 있던 숨통을

살짝 살짝 열어줄 필요가 있어요.

인내하다

괴로워도 힘들어도 누군가 말해준 보상에 대한 희망으로
마음을 꽉 동여매버릴 때의 기분.

대책 없는 일

가시에 찔린 내 손가락의 고통이

팔이 부러진 이의 고통보다 큰 법입니다.

나와는 상관없다고 여겼던 일을 막상 당하고 나니

이성적으로 차분하게 판단할 여유부터 사라지고 맙니다.

이 일만 해결할 수 있다면 무슨 짓이라도 하겠다 싶고요.

그 '무슨 짓'이 뭐든

일단 문제부터 해결하고 나서 판단하면 된다고,

후회도 그때 가서 하면 되겠지 생각이 듭니다.

그런 생각 사이사이,

지금의 나처럼 괴로웠을 사람들에게

텅 빈 공감 사이로 건넨 어설픈 위로의 말들이 떠오릅니다.

이런 심정이었겠구나,

실제 경험하고 나니 마음이 더욱 아릿하네요.

괴롭다

이러지도 저러지도 못하는 상황 속에서
뾰족한 해결책도 찾지 못해 고통이 지속될 때의 마음.

어설픈 위로의 말일랑 집어치워라…

못난 나

고맙습니다. 있는 그대로의 내가 가장 멋있다고 말해줘서.

심술궂게 몰라, 아니야 하며 툴툴 거렸지만 당신의 말에 내심 고마웠어요. 그런 내 마음과 달리 내내 시큰둥한 표정을 보여 미안했고요.

싸늘한 표정으로 앉아 있는 나에게 당신이 건네준 위로를 기억합니다. '고마워요, 나도 날 좀 더 믿어보려고 해요.' 말하고 싶었지요. 하지만 그때의 나는 쪼그라들다 못해 흔적 없이 사라져버릴 것 같은 자신이 너무 싫어 견딜 수가 없었습니다.

가진 것 없고, 잘난 점 없더라도 당당하고 자신 있게 지내고 싶은데. 당신으로부터 안쓰러운 목소리의 위로를 듣기보다 당신에게 힘을 주는 내가 되고 싶은데. 씩씩하게 시작한 일들이 무너졌어도 어깨 펴고 한 번 더 희망을 말하고 싶은데, 그게 마음처럼 되지 않습니다.

수없이 쓰러져본 적도 없으면서, 고작 그런 일로 잔뜩 움츠러드는 내 모습에 많이 실망했지요. 이런 나를 버리고 어딘가로 달아나고 싶었습니다. 하지만 매번 스스로를 다그치기만 할 뿐, 결국 내게서 달아날 수는 없었습니다. 버둥대다가 결국엔

우두커니 앉아 있게 됩니다. 그저 멍하니.

한동안 혼자라고 생각했습니다. 언제부터 당신이 곁에 있었는지, 사실 난 잘 몰랐어요. 하지만 이제는 압니다. 나조차 싫어했던 나지만, 당신은 줄곧 곁에 머물고 있었음을.

여전히 당신은 나에게 원래의 네 모습 참 멋있다고, 정말 그렇다고 계속 이야기해주고 있어요. 그 말 한 마디에 의지해서 내가 나 자신으로부터 고개 돌리는 일을 잠시 잊습니다. 이젠 스스로를 다그치는 일을 멈추고, 차분하게 이 자리에 머물 수도 있지 않을까 생각해봅니다. 조금이나마 당신의 위로가 아닌, 스스로의 힘으로 자신을 다독일 수 있을 때까지 말이에요.

자괴하다

세상에서 가장 증오하는 사람이
바로 나 자신이 되어버릴 때의 마음.

말하지 않으면 몰라요

남들이 다 하니까, 혹은 누군가 시켜서.

그런 일에 내 시간을 쏟아붓고 있습니다.

그 시간을 내가 하고 싶어 하는 일로 채워도 좋을 텐데.

어쩌면 서툰 시작이 막연히 두렵고,

소질이 없을까 겁나서 망설이고만 있었는지 모릅니다.

마음 가면 일단 저지르고 보라는 둥, 안 되면 되게 하라는 둥,

그런 말도 듣고 싶지 않았고요.

말은 쉽지요.

결국 실천하고 책임지는 건 그들이 아닌 나인데.

언젠간 그런 날도 오겠지요.

타인의 시간이 아닌, 오롯이 나만을 위해

나의 시간을 쓰는 그런 날.

내 삶에 나를 가장 많이 담을 수 있는 날.

그래서 온전히 내 삶이라 부를 수 있는 그런 날 말이에요.

Feel
lonely

하지만 지금은 우선 '날 위해 살고 싶다'는 마음만으로도

충분한 시작이라 생각해요.

혼자
남겨진 것처럼

두려워하지 않아도 됩니다.

실수해도 좋아, 헤매도 괜찮아.

스스로를 어르고 달래고 위로하고 또 격려하며

그렇게 시작하면 됩니다.

깨닫다

좀처럼 원인을 알 수 없었던 허탈함의 이유를
내면의 소리를 통해 알아차리게 되는 순간.

결합

정말 마음에 드는 사람이었습니다.

성격은 물론이고, 나와 문제를 해결하는 방식이나

세상을 보는 방법 모든 것이 좋았습니다.

이렇게까지 마음에 드는 사람이 있다는 게 신기할 정도였지요.

이 사람과 함께한다면

어떤 일이든 해낼 수 있겠다는 희망이 생겼습니다.

하지만 관계란 마음처럼 안 될 때도 많습니다.

이런 일, 저런 이유가 애틋하고 간절한 마음을 뛰어넘습니다.

마음 하나 돌리지 못할 정도로

설득이 부족했나 싶기도 합니다.

책임이라는 중대한 약속으로도

함께하고 싶은 욕심을 다 채울 순 없나 봅니다.

정말 어쩔 수 없는 걸까.

아쉬움에 묻고, 또 물어보지만

내 힘으로는 어찌 할 도리가 없는 이유들뿐.

짧고 강렬한 끌림이

마음에는 길고 긴 아쉬움으로 흔적을 남깁니다.

마음만으로는 이뤄지지 않는 일도 있는 법.

안녕 하고 보내주는 수밖에요.

안타깝다

간절함만으로는 부족하다는 걸 알면서도
쉽게 돌아서지 못하고 희박한 가능성을 떠올리며 아쉬워하는 마음.

나도 여기가 현실이 아니란 건 알지만
그냥 여기 이대로 있을래요, 잠시만.

여기, 여기 아닌 저기

이곳이 현실이 아님을 압니다.

현실이 되기 어렵다는 사실도 이미 알아요.

몰라서 이곳에 머무는 게 아니에요.

도망과는 조금 다릅니다. 설령 도피라고 한들, 누군가에게 해
가 되는 일은 아니잖아요. 잠시 현실에서 등 돌린 채, 머무는 곳
이라도 내가 어디에서 얼마나 머무는지 자각하고 있다면 과연
도피라 할 수 있을까요. 평화롭고 안락한 이곳에 오래 머물고
싶은 마음이 들어도 현실로 나서야 할 때를 놓친 적은 없어요.
언젠가 돌아가야 한다는 사실을 잊지 않았습니다. 그렇기에
지금 여기 머무르는 시간이 더 꿈같은지도 모르겠습니다.

Feel
lonely

혼자
남겨진 것처럼

자각하다

누군가 알려주지 않아도 해야 할 일이 무엇인지
스스로 잘 알고 있는 상태.

확실하지 않다고 해도

언젠가 반드시 만족할 만한 결과가 있을 거라
확신할 수 없는 일인지도 모릅니다.
그럼에도 우직하게 밀고 나가볼 만하다고 생각해요.
고민 끝에 한 번 해보자고 결정한 일이라면 말이지요.
주위 사람들의
'걱정해서 하는 말인데'로 시작하는 충고에
그다지 마음 쓰지 않아도 됩니다.
나를 가장 많이 걱정하고,
그로 인한 두려움과 싸우기도 할 사람은
나일 테니까요.
기왕 마음먹고 갈 길이라면
이제부터는 시간을 내 편으로 만들어야 합니다.
하루하루를 빈틈없이 꽉꽉 채워가다 보면
어느새 시간도 내 편에 서서 나를 도와주지요.
누가 알아주지 않아도 상관없습니다.
끝끝내 노력을 인정받지 못해도 괜찮아요.
최선을 다했다고 해서,

마음을 다 쏟아부었다고 해서

반드시 보상이 뒤따르지는 않습니다.

노력 대비 성과가 대개 기대에 못 미치는 일도 많고요.

결과보다 먼저 찾아오는 걱정과 초조함도

겸허히 끌어안을 줄 알아야지요.

어찌보면 결과란 어쩌면 애초에 내 마음속에만 존재할 뿐,

허상에 지나지 않는지도 모르겠습니다.

모든 것이 과정일 뿐,

결과라는 것이 과연 존재하기나 할까요?

어쩌면 내가 할 수 있는 일이란,

그저 착실하게 시간을 채워나가는 일.

결과가 아닌, 연이은 과정의 연속인 삶에서

오로지 성실함에 마음을 쓰는 일, 아닐까요.

Feel
lonely

혼자
남겨진 것처럼

소망하다

이루고자 하는 무언가를 위해 할 수 있는 일을 하며
간절한 마음으로 기다리는 것.

내가 할 수 있는 일을 계속하는 거예요.
흔들리지 않고,
지금까지 해왔던 것처럼,
묵묵히.

5

스러지는 마음들

Love hurts me

이렇게 울컥한 순간,
너라서 참 다행이야.

나도 모르게 그만

하루는 늘 보던 친구 모습에 울컥했습니다.

얼굴이 벌게질 만큼 꾹 참으며,

'잘 지냈지?' 인사를 건넸지만 기어이 눈물은 터지고.

영문도 모른 채 이내 끅끅 숨넘어가는 소리를 내며

서럽게 울고 말았습니다.

나, 대체 왜 이러지. 정말 왜 이러지.

그다지 힘든 일도 없었습니다.

우울이나 괴로움에 젖어 있지도 않았고요.

여느 날과 크게 다를 바 없는 나날이었습니다.

그래서 갑작스런 눈물에 내가 더 놀랐어요.

나조차도 내 상태를 모르고 지냈다는 뜻이니까요.

그동안 알게 모르게, 수차례 신호를 받았을 텐데 말입니다.

정작 내 마음 나만 모르고 있었던 건 아닐까요.

솔직하다

깊이 의지하는 사람을 만나 미처 생각할 겨를 없이
왈칵, 속마음이 쏟아져 나올 때의 기분.

나를 점검하는 일

마음이 눈에 보이거나, 귀로 들린다면 얼마나 좋을까요.
부족한 부분을 쉬 알아차려 미리 손을 써서 채우거나,
이상한 낌새가 있다면 금방 눈치 챌 수 있을 테니까요.
마음은 나만 느낄 수 있는 미묘한 변화를 통해
알 수 있습니다.
하지만 변화를 느껴도 당장엔 별일 생기지 않으니
다음에, 또 다음에, 차일피일 미루기 일쑤지요.
오랜 시간이 지나 곪을 대로 곪은 다음에야 뒤늦게
후회가 됩니다.
그럴 때면 나란 사람,
참 대책 없어 보입니다.
수없이 반복하고 있는 다짐이지만 또 한 번 더 해봅니다.
내 마음 더듬기를 뭉그적대며 미루지 말자고.
아무 것도 할 수 없는 순간이 오기 전에,
작은 변화라도 느껴지면 '어라? 이게 뭐지?' 하며
잠깐만 쉬어가는 것이지요.
굳이 길게 시간 낼 필요도 없어요.

잠들기 전이 딱 좋겠습니다.

미간 찌푸리며 진지하고 무겁게 있지 말고

그저 어깨 힘을 툭, 빼는 식으로 가만히.

생각이 깊어지면 그런대로, 아니면 아닌 대로.

잠이 오면 오는 대로, 아니면 또 그런대로.

어느 정도의 시간을 가져야 하나 고민할 필요도 없어요.

그저 그런 기회를 갖는 것 자체가 중요합니다.

내 마음의 변화가 언제부터, 어떻게 일어났나

되짚어보는 거예요.

누구도 대신할 수 없는, 나만의 소중한 의식입니다.

아직 정리할 것이 많지 않을 때,

미리미리 해두면 어떨까요.

내 속을 점검하는 일.

쉬다

생각과 몸의 긴장을 쫙 풀고 혼자만의 시간을 가지며
마음 구석구석 감각해보는 일.

고백

마음에 불을 품고 살던 때가 있었습니다.

매일 속이 타들어가도,

자고 일어나면 나 따위 흔적도 없이 타버려

사라질지 모르겠다 싶어도,

끝끝내 불을 지피며 살던 때가 있었습니다.

멈춘 듯 멈추지 않은 은밀한 움직임으로

서서히 밀고 들어온 시간이 속을 채워나가자

영원히 꺼지지 않을 기세였던 불길도 차차 사그라졌습니다.

그러나 아예 사라지진 않더군요.

좋았던 마음은 빛처럼 찰나의 순간뿐이었습니다.

아프고 괴로운 순간들은 곳곳에 재를 뿌려두고

끝끝내 지워지지 않았지요.

그저 남은 불씨와 시커먼 재를 마음 한구석으로

치워둘 뿐이었습니다.

누군가는 이제 용서했냐고 묻습니다.

시간도 이만큼이나 흘렀고, 나도, 그리고 이 세상도,

모든 것이 달라졌으니까요.

가면이라도 쓰면 말할 수 있을까.

그때,…정말
…정말 많이
힘들었었어.
그 일 때문에,
바로, 당신 때문에!

어쩌면, 그 사람만큼은 그대로라 하더라도.

그래요. 상관없는 일이 되었습니다.

신경 쓰지 말자, 할 때는

그렇게 악착같이 신경이 쓰이더니,

이제는 심드렁하기만 합니다.

그만큼 그 시간, 그때의 감정에 매몰되지 않고

나를 위해 잘 살아왔다는 뜻이겠지요.

당시의 감정들은 뿔뿔이 흩어져버리고,

활활 타오르던 마음도 이제는 옅은 흔적으로만 남았을 뿐입니다.

감정은 모조리 증발되어버린 채,

사실과 결과만 남아 화석처럼.

마음 한 귀퉁이에 재처럼.

하나의 역사로. 기록으로.

Love
hurts me

원망하다

스러지는
마음들

나의 의지와 상관없이 계속 내 삶에 남아
오랫동안 나를 괴롭혀온 사람을 증오하는 마음.

폭음

후회할 걸 알면서, 대체 왜.

그래서 연락처를 다 지웠는데.

정신 못 차리던 와중에 어떻게 찾았는지,

통화 목록에는 익숙한 번호들이 촘촘하게 줄지어 있습니다.

통화 시간 1초는 마음이 놓이지만 5분, 10분, 뭐? 30분?

통화 내용은 '여보세요'밖엔 생각이 안 나고

이후 무슨 말을 했는지.

30분 동안, 어제의 나는 도대체.

그 와중에 내가 전화 건 기록 외에

걸려온 전화가 한 통도 없다는 사실이 서운합니다.

아. 지금 상황에 이런 생각이 들다니.

정신 차리려면 아직 한참 멀었습니다.

당분간 금주 모드.

민망하다

끝나버린 감정을 정리하지 못해
진상부리는 내 모습을 발견하게 된 순간의 마음.

꼴깍꼴깍,
꿀꺽꿀꺽.

누구에게나 상처는 있겠지만
지금 내겐 이 고통이 너무 커.

혼자서는 할 수 없는 일

어떤 상처는 악 소리도 못낼 만큼

나를 옴짝달싹 못하게 만듭니다.

너무 깊게 박힌 나머지 뽑을 수도 없고,

그렇다고 두기에도 위험한.

타인의 상처에 대해서는 해주고 싶은 조언이

그렇게나 많았는데.

정작 내 상처에 대해는 아무 말도, 어떤 판단도

할 수가 없었습니다.

어떤 위로가 내 상처를 보듬을 수 있을지 도저히 모르겠어요.

어떻게 하면 조금 덜 아플 수 있을까요?

남들은 이런 상처에 어떻게 대처하고 살고 있을까요.

과연 괜찮은 걸까요?

이렇게나 아픈데.

다시는 일어나지 못할 것처럼 두렵기만 한데.

Love
hurts me

부상하다

스러지는
마음들

자신도 모르는 새 누군가로부터
도저히 혼자서는 손쓸 수 없을 정도로 상처를 입은 상태.

멈추지 못해 앞으로

'지금의 나보다 좀 더 나은'이라는 말에
등 떠밀리고 있다는 느낌이 듭니다.
지금의 나는 어떤 모습이고,
그 낫다는 것이 대체 뭔지도 잘 모르면서 말이에요.
한참 달리고 있는 속도감을 견디지 못해 두렵습니다.
브레이크가 듣지 않고
저 멀리 절벽 아래로 추락해버리면 어쩌지, 하는
막연한 두려움.
달리고 또 달리다 마침내 멈춰 섰을 땐
이제 끝이구나 싶었습니다.
혼자서 호들갑이었던 게 무색할 만큼
주변은 고요하고 아무 일도 없었다는 듯 평온하기만 합니다.
나는 대체 어디로 그렇게 달려가고 있었을까.
어제의 내 모습으로부터 얼마나 더 멀리 도망치고 싶었나.
발전이라 믿었던 느낌표가,
나로부터의 회피였나 하는 물음표로 바뀌자
그만 헛웃음이 났습니다.

인생이라는 쳇바퀴,
이 속도를 견디지 못하면
저 멀리 추락해버릴 것만 같아.

그렇지만 적어도 한 가지는 깨달았습니다.
등 떠밀려 달렸어도 결국 멈추는 건 나라는 사실.
얼마든지 스스로 멈출 수 있다는 것을.

잠시 과열된 엔진을 식히고 있습니다.
달릴 수 있을 때까지 달리다가 무리다 싶으면
잠시 멈추면 됩니다.
그래도 괜찮아요.
정말 괜찮아요.

애쓰다

내가 가진 모든 것을 쏟아 부어
이루고 싶었던 일을 실현시키기 위해 힘쓸 때의 마음.

퍼즐

원하는 일을 하면 과연 그 끝이 만족스러울까요.

원하지 않는 일을 하면 무조건 불행하기만 할까요.

어떤 일이든 해보기 전까진 그 결말을 미리 알 수 없겠지요.

그렇기 때문에 더욱 원하는 일을 해보면 어떨까요.

좋아한다는 이유 하나만으로 들입다 달려들기엔

걱정이 앞서겠지요.

먹고 살 수는 있을까, 실패하면 어쩌지,

생각보다 그렇게 좋아하는 게 아니면 그땐 어떻게 하지,

이렇게 마음 가는 대로 따라가도 괜찮은 걸까.

좋아하는 일을 한다고 해서 끝이 마냥 좋다는 보장은 없습니다.

하지만 결과만을 놓고서 선택부터 과정까지

좋다, 나쁘다 판단할 수 있을까요.

스스로 마음이 동해 택한 일은 과정이

참으로 즐거웠을 겁니다.

Love
hurts me
물론 전혀 힘들지 않았을 거란 뜻은 아닙니다.

그러나 그 모든 고통까지 감내할 수 있을 정도로

스러지는
마음들
즐거움이 더 컸을 거예요.

좋아하는 일이란 그래서 매력적인 거겠죠.

때론 만족스러운 결과가 따를 때도 있습니다.

어느 정도의 행운도 필요합니다.

노력만으로 얻을 수 있다면

성공한 사람을 그렇게 동경할 일은 많지 않을 거예요.

따지고 보니 내가 좋아서 시작한 일은

결과와는 상관없이 최소한 손해볼 건 없다는 생각이 듭니다.

혹여 결과가 기대에 못 미치더라도

과정이 충분히 행복했으니 의미 없는 시간은 아니었을 겁니다.

처음부터 결과에 연연하지 않아도 됩니다.

결과가 중요한 시기가 있겠지만,

시작부터 그러진 않아도 돼요.

그러니 일단은 마음을 따라 나서보는 것도

괜찮지 않을까요.

신중하다

좋아하는 마음만큼 실망하고 싶지 않아서
여러 가지 경우를 재고 따지며 선택하기를 조심스러워 하는 마음.

내가 좋아서 하는 일,
끝은 알 수 없지만,
어느 쪽도 손해볼 건 없어.

알지만 모른 채

그 사람이 하는 말을 모두 믿었다면

곁에 있기 힘들었을 겁니다.

행동 하나하나 모두 의미를 두고 마음을 줬다면

오래 바라보기 어려웠을지도 모르지요.

알면서도 모른 척,

그렇게 때에 따라 마음의 눈을 켜고 끄며 지냈기에

곁에 있을 수 있었습니다.

그러나 불현 듯, 이런 내 마음을

상대가 이용하고 있나 싶을 때가 있지요.

누군가는 내 감정을 포기하는 편이 좋다며 조언합니다.

내 마음 받아주지 않는 상대를 대신 험담해주기도 하고요.

정말 내 마음 다 알면서 이용만 하는 걸까요.

다른 이의 감정에 대해 대응하지 않으면 나쁜 걸까요.

내 마음을 알면서도 받아주지 않고

이용당하기만 하나 싶어 괴롭다면

그때가 바로 솔직해질 순간입니다.

누군가의 곁에서 언제까지

아무 의미 없는 존재로 머물 수는 없으니까요.

그러니 말해야 합니다.

어떤 결과든 받아들일 준비를 하고 말이죠.

알거냥하다

상대방의 마음을 잘 알지도 못하면서
나의 기준으로 미리 판단해버리는 일.

혹시 모르니까.
아닐지도 모르니까.
기다렸을 뿐이야.

처음부터
알고 있었어.

아프다

힘들어 하는 그를 보면서
어떻게 도와줘야 할지 몰라
괴로울 때가 있습니다.
위로가 필요한지,
지켜봐주는 것만으로 충분한지,
어떤 조언을 해줄 수 있을지 알 수 없어
답답하기만 합니다.
한편으로 무엇을 어떻게 해주면 될지 알지만
차마 가까이 갈 수 없어 가슴 아플 때도 있습니다.
내가 분명 해줄 수 있는 일이 있는데,
기회조차 얻을 수 없어서
그저 바라만 봐야 하는
그런 순간 말이에요.

고통스럽다

할 수 있는 일을 할 수 없을 때, 돕고 싶지만 그럴 수 없어
지켜만 봐야 할 때의 괴로운 마음.

그저 바라보는 일 말고,
내가 해줄 수 있는 게 없구나.

몸도 마음도
천근만근...

숙면

그다지 힘든 일도 없는데 몸이 한없이 무겁습니다.

어쩌면 몸보다 마음이 묵직해져 그런지도 모르겠습니다.

기다시피 침대 위로 오르면

몸을 채 뉘이기도 전에 마음부터 늘어지고 맙니다.

온갖 상념들이 머릿속을 헤집고 다닙니다.

가족과 친구들, 잔뜩 쌓인 업무…

저마다 생각의 무게가 갈리더니

묵직해진 것들은 고민이 되어

마음에 쿵 하고 떨어집니다.

그 바람에 바닥에 깔려 있던, 애써 외면해오던 일들도

'지금이다' 하고 부유하기 시작하고요.

생각을 말자, 밀어낼수록

그 생각이 다른 생각을 더 불러오는 것만 같습니다.

생각을 끊어내기가 참 어렵습니다.

죽은 듯이 한숨 푹 자고 일어나면 이 많은 상념이

사라지려나요.

아니면 바닥에 잠시 가라앉아서 눈에 보이지 않을 뿐인 걸까요.

혼자 고민한다고 달라진다면

애초에 고민이라 부르지도 않았겠지요.

당장 해결할 자신은 없으니

우선 차분히 마음 바닥에 가라앉혀봅니다.

일단 나부터 추스린 다음.

그 전에 잠은 자야겠기에.

더 깊은 고민은 다음에.

고달프다

좀처럼 해결하기 어려운 일에
밤낮으로 시달려 몸과 마음이 고단한 상태의 기분.

자책

이러고 나면 돌아서자마자 후회할 걸 알면서도 왜 나는 매번 나를 물어뜯는 걸까요.

나를 화나게 한 그 사람에게 복수하는 것도 아니고, 나를 곤란하게 한 그 일이 해결되는 것도 아닌데 말입니다. 지금, 나는 또 자신에게 온갖 아픈 말을 쏟아내고 있어요. 뜨거운 떡을 한입 베어 물고는 어찌할 바를 몰라 발을 동동 구르다가 애꿎은 곳에 뱉어버리는 것처럼 말이죠. 그리곤 이내 펑펑 울어버리고 맙니다.

화가 치밀어 오르는 순간과 나 자신을 사냥하듯 몰아세우는 순간, 그 사이에 어떤 장치가 필요합니다. 심호흡을 해보면 조금이나마 마음이 진정된다고 하더군요. 시간이 오래 걸리거나 어려운 일도 아니니 한번 해보는 것도 나쁘지 않을 듯합니다. 내게도 잘 통하는지는 일단 해보고 판단하면 되겠지요. 확신은 없지만 어쩐지 내 마음을 어느 정도 다스릴 수 있겠다는 예감은 듭니다.

세상에서 얻은 상처로 엉뚱하게 나를 다그치는, 바보 같은 짓만 하지 말기를 바라게 되요.

그러니 내가 나를 학대할 때, 넋 놓고 바라만 볼 게 아니라 할 수 있는 방법이 있다면 무엇이라도. 시도하는 것이 좋다고 생각합니다. 결과를 생각하지 않고 말이에요.

사납다

가장 소중한 사람인 나 자신을 가까이 있다는 이유만으로
마음대로 해도 되는 사람으로 착각해서 이성을 잃고 행패 부릴 때의 마음.

매번 나한테
왜 그러는 거야.

내 안에 그 놈이 있다…

울컥하다

치밀어 오르는 기분을 주체하지 못할 만큼
격한 감정이 갑자기 일어나는 순간의 마음.

출현

내 안에 분명 그가 있습니다.
단지, 사람들과 무탈하게 어울려 지내기 위해
그를 저 깊숙한 곳에 감춰둘 뿐이지요.
그럼에도 불구하고
가끔 문밖으로 튀어나오곤 합니다.
뜻하지 않게 밖으로 나온 그는
처음엔 눈치를 보며 작은 일부터 벌입니다.
사소한 시기, 자잘한 질투, 미움을 만들곤 하지요.
그때 눈치챘어야 했는데.
시간이 지나며 작고 사소한 감정들이
순식간에 덩치를 키워
어느새 나를 제 손아귀에 쥐고 흔들기 시작합니다.
걷잡을 수 없이 화가 커지고 나면
결국 내게도 쓰라린 화상이 남습니다.
그렇게 씻을 수 없는 상처를 남긴 후에야
분을 삭인 그는 실컷 펼쳐놓은 감정들을 추스릅니다.
그러고는 마음 뒷문으로 슬그머니 사라지고 말지요.

이랴 이랴,
어서 가자.
빨리 가자!

학대

'여유'와 '게으름'은 묘하게 닮은 구석이 있습니다.

그래서 서로 구분이 어렵지요.

잠시 여유를 느끼고 있자니

'내가 이렇게 게으름 피워도 되나' 싶고,

한없이 게으름 피우는 와중엔

'가끔 이 정도 여유는 괜찮지' 합니다.

그러다 보면 차츰 게으름을 더 경계하면서

스스로를 다그치기 시작합니다.

일은 자꾸만 늘고,

일에 책임을 다하려 사람 만날 시간, 심지어 밥 먹을 시간마저

줄이기 시작합니다.

기진맥진, '이렇게 살지 말아야지, 여유를 찾아야지' 하면서도

잠시 숨 돌리는 그 틈에 조급함과 불안이 끼어듭니다.

'뭔가를 해야 한다.

게으름 피우지 말고 정신없이 분주하게, 성과를 내야 한다.

열심히, 제대로, 열의를 다해 산다는 건 바로 이런 모습이다.'

그렇게 매번 스스로를 다그치고 몰아세우다 보면

한계에 도달해서도 쉽게 멈추기 어려워집니다.

고속으로 달릴수록 제동 거리는 점점 길어지거든요.

마음을 행동으로 다스리면 조금 낫지 않을까요.

일단 하던 일을 멈추고, 제때 밥을 먹고, 잠을 청해보는 겁니다.

그렇게 당연하지만 당연히 챙기지 못했던 것부터

시작하면 됩니다.

몸이 먼저 쉬어야 마음도 따라 쉴 수 있으니까요.

자학하다

해야 하는 일, 할 수 있는 일, 거기에 하기 힘든 일까지
모두 쥐기만 하고 버릴 줄 몰라서 자신을 학대하는 것.

스러지는 마음

한동안 마음 돌볼 틈 없이 무척 바빴습니다.

바쁜 일 모두 끝내고

홀가분한 기분으로 돌아와 보니,

마음에 담아뒀던 많은 관계들이

엉망진창으로 널브러져 있더군요.

어느 하나 성한 것 없이 모두 비실비실, 시들시들.

한동안 애정을 쏟으며 돌보았으니

언제부터인가 이젠 굳이 신경 쓰지 않아도

알아서 잘 있을 거라 생각했습니다.

하나 정도는 잘 버틸 거라 믿기도 했고요.

일과 더불어 스스로를 돌보기란 얼마든지 가능하겠지요.

하지만 마음은

심각한 문제를 일으키기 전까지는

푸대접을 받을 때가 더 많은 것 같습니다.

누구보다 나로부터 말이지요.

나 자신에게,

나를 믿고 마음을 나누어준 나의 사람들에게

문득 미안해집니다.

미안함이 큰 만큼 더 애정을 듬뿍 쏟아야지

결심하게 됩니다.

다시 돌이키기 힘든 관계도 있겠지요.

하지만 지금 내가 할 수 있는 일은

흔들리는 관계를 하나씩 다시 쓰다듬고 돌보는 것 아닐까요.

어떤 마음, 어떤 관계든 말이에요.

다시 살릴 수 있겠다, 못 살리겠다

그런 판단은 잊고서.

이울다

가까운 이에 대한 마음이 튼튼하고 건강하게 자라도록 시간과 관심을 들이는 데에
소홀한 나머지 그 관계가 서서히 황폐해지는 일.

아니, 이게 무슨 일이야?!

아무 소리도 들리지 않는 곳으로…

잠수

좋은 말, 나쁜 말, 싫은 말, 달콤한 말.

그 말들은 내 안에 들어와

온몸 구석구석 여기저기 번집니다.

간지럽고 따끔거리는 느낌에

이내 마음이 불편해지고 말아요.

말의 의도 따윈 상관없다는 듯,

날 향한 모든 말에 강한 거부감만 듭니다.

그런 기분이 이어지면 아주 먼 곳으로 사라지고 싶어요.

누구도 나에게 조언을 가장한 지시를 하지 않는 곳으로,

책임을 물으며 몰아세우지 않는 곳으로,

따뜻한 위로로 포장해 나를 무시하지 않는 곳으로.

잠시라도 좋으니 그런 곳으로 달아나고 싶어집니다.

Love
hurts me

스러지는
마음들

피하다

나를 향한 감정의 표현들로부터 도망쳐
오롯이 나 홀로 남을 수 있는 장소로 사라지고 싶은 마음.

깨어진 관계

매번 부딪혔어도 때마다 화해했지요.

크고 작은 문제들은

오히려 서로를 더 단단하게 붙게 하는

아교 역할이라 믿었어요.

하지만 애초에 둘은 서로 붙을 수 없는 존재였는지 모릅니다.

아무리 서로를 바투 안아도 자잘한 균열은

더 위태롭게 벌어지기만 했습니다.

헤어질 때가 된 거겠죠.

아마 상대도 같은 생각인지도 몰라요.

미움보다 좋은 추억이 아직은 더 클 때.

서로를 응원하며 안녕이라 말할 수 있을 때.

지금.

체념하다

서로의 문제가 잘 해결되고 관계에 변화가 없으리라는 희망이
헛되었음을 깨닫게 되었을 때의 마음.

더 이상은 불가능할까.
이제 우리, 안녕을 말해야 하는 걸까.

6

그땐
돌아보지 말고,
안녕

Bye for now

내일, 내일은
널 꼭 보내줄게.

알다

사실에 대한 인식을 넘어
행동해야 하는 시기가 왔음을 느끼게 된 순간.

오늘은 아니야

모른 척 지냈던 이별이 어느 날 내게 말을 건넵니다.

이번만큼은 쉽게 놔주지 않을 모양입니다.

잡은 팔목이 저릿해져 옵니다.

헤어졌지만 이별하지 않은 듯 지내고 싶었지요.

이별의 흔적들을 마주할 때마다 고개를 돌리곤 했습니다.

인정하면 세상이 곧장 무너져버릴 것만 같아

두려웠으니까요.

오늘은 아니야.

내일 이별하자. 내일은 헤어질 수 있을 거야.

그렇게 하루 이틀, 한 달, 두 달이 훌쩍 지나갔습니다.

끈덕진 미련에 시간마저 질척이며 흐릅니다.

이제 더는 외면하기 어렵습니다.

언제까지 붙잡아둘 수도 없으니까요.

하지만 이내 또 가로젓고 맙니다.

오늘은, 진짜 진심으로 부탁하는데 아니야.

오늘은 아니야. 내일. 그래 내일은 꼭 보내주자.

정말로 내일.

이별과 마주 앉은 밤

이름만 떠올려도 왈칵 눈물이 쏟아지던 시간이
겨우겨우 지나갔습니다.
온통 가득 차 있던 그의 흔적들이 빠져나가고 나니
텅 빈 껍데기만 남은 기분이었습니다.
바닥엔 온갖 아쉬움과 미련만이 흥건하게 밟힙니다.
그마저 정리하기 전,
잠시 가만히 앉아 지난날들을 떠올려봅니다.
하고많은 추억들이 차례로 나를 잠시 비췄다가
아스라이 사라집니다.
감정에 휩쓸려 제대로 보지 못하고 넘겼던 순간들도
이제야 선명히 보입니다.
그때 그랬구나. 그런 마음이었겠구나.
겨우 헤아릴 수 있게 되었습니다.
한참 늦었지만 지금이라도 알게 되어 다행입니다.
한없이 무겁던 양쪽 입 꼬리가 슬며시 올라갑니다.
비로소 함께했던 기억들을 모두 모아,
추억이라는 이름으로 간직해야 할 때가 온 것 같습니다.

너를,
그날의 우리들을,
이제야 추억으로…

난, 이제
떠날거야.
사라져야 해!

분리수거

채비하다

제대로 된 이별을 위하여 필요한 마음을 갖추고
차분하게 차리는 일.

작별을 고하며

아니라고 부정하며 발버둥치기도 해보고,

애써 외면하기도 했습니다.

마음 아프지만 두 눈 똑바로 뜨고 직면해보기도 했고요.

이제 할 수 있는 일은 다 한 것 같습니다.

그래도 막상 닥치고 보니 두렵습니다.

맞아요, 그렇게 준비해도 여전히 두렵기만 합니다.

이별엔 그 어떤 준비도 다 소용이 없나 봅니다.

앞으로 찾아올 서늘한 시간이 벌써부터 느껴집니다.

생각보다는 힘들지 않기를,

상처가 빨리 아물기만을 바랍니다.

이제부턴 오롯이 혼자 견뎌야 하니까요.

더 이상은 둘이 아니니까요.

잘할 수 있을 겁니다. 잘 끝낼 거예요.

그래야겠지요.

그래야만 하겠지요.

마치다

더 이상 할 수 있는 일이 없다고 생각한 순간
마음을 정리하고 남은 감정을 정리하는 것.

결정의 순간

인생은 끝없는 선택의 연속이라고들 하지요. 하물며 식당에서 메뉴를 선택할 때도 우리는 선택지 앞에서 망설입니다. 소소하지만 나름 진지한 인생의 고민. 오늘 뭐 먹지?

그 후에도 끝없이 이어지는 선택과 선택, 그리고 선택. 무슨 옷을 입을지, 어떤 영화를 볼지, 어디에서 누구를 만날지… 별다른 책임이 따르지 않는 선택은 부담도 없습니다. 기껏해야 영화가 재미없고, 음식 맛이 별로라는 정도겠지요. 그런 일에 무거운 책임이 따르진 않습니다.

하지만 인생을 살다 보면 때때로 삶의 일부분을 걸어야 하는 어려운 선택지를 만나기도 합니다.

피하거나 미룰 수 없는 선택일 땐 더더욱 고민이 커집니다. 시간이 지날수록 잘못된 선택으로 인해 잃을 것이 점점 크게 느껴지고, 두려운 마음이 커집니다. 그렇다고 해서 선택지가 나를 비켜가거나 시간 여유를 더 주진 않지요.

생각이 필요한 순간도 있겠지만, 선택 앞에서는 생각 대신 마음을 따르는 편이 훨씬 더 수월합니다. 생각이 아닌, 마음이 이끄는 대로 가보는 겁니다. 생각을 생각하다 보면 오히려 잘못

우물쭈물하지 말고,
꾸욱!

된 선택을 하거나, 끝끝내 다른 선택에 미련이 남게 될지 몰라요. 마음이 내린 결정을 믿고, 한번 따라가 보세요.

긴장하다

결정 이후의 변화에 지나치게 많은 생각이 덧대어져
이러지도 저러지도 못하고 망설이기만 하고 있는 순간의 마음.

미련

새끼 손톱만 한 것이 주먹만 해지고,

다시 팔뚝만 해졌다가 내 몸통만큼 커졌습니다.

무슨 자신감인지, 그러려니 하며

뭉글뭉글 커져가는 이 녀석을 지켜보기만 했지요.

아니, 늘 지켜본 것도 아니고

저는 저대로 나는 나대로, 그렇게 생각했습니다.

무심하게 두다 보면 절로 없어지겠지 싶었습니다.

그런데 이제와 보니 없어지기는커녕

신나게 몸을 불려놨습니다.

자라봤자 어차피 내 마음속인데,

어디 마음대로 해보라지.

호언장담 했지만 막상 감당하기 힘들 만큼 자라버린

녀석을 보니 이제는 저도 어찌할 자신이 없습니다.

마음이 움직일 때마다

Bye
for now

묵직하게 들어붙어 끝끝내 매달립니다.

떼어내면 다시 붙고, 뜯어내면 다시 매달리고,

그땐
돌아보지 말고,
안녕

보일듯 말듯 씨앗처럼 작을 때 툭 털어버릴 걸,

뒤늦게 정리하려니 여간 성가신 게 아닙니다.

매일 조금씩 탈탈 털어내야죠.

끈적하고 질척한 미련이라는 놈을.

짐짐하다

아무렇지 않다고 말해왔지만 꺼림칙한 기분에
계속 신경이 쓰여 한껏 불편해져버린 마음.

내 마음속 지우개

잊어야지, 다짐만으로 쉽게 잊을 수 있다면

그 누가 힘들다 할까요.

세상이 다 잊었다 해도

내게는 어제처럼 선명하기만 한 그 기억.

서슬 퍼런 날을 세워 온 사방에 흉터를 남기며

내 속을 헤집고 다니던 그 기억.

과연 지워질까 싶던 그날의 잔상들.

그래도 시간이 약이긴 한가봅니다.

시간이 세월이라는 이름으로 두텁게 쌓일 무렵,

마음에 깊이 파인 발자국도 바알간 낙엽에 묻히고,

시간이, 그리고 계절이 상처를 조용히 덮어줍니다.

이제 와 이유를 물어본들 무슨 소용이 있을까요.

뒤늦은 사과가 무슨 의미가 있나요.

나조차 외면하고 피해 다녔던

그때의 기억을, 그 상처를, 그 시간을

무슨 수로 보상받을 수 있을까요.

차라리 지워버리는 편이 좋을 듯합니다.

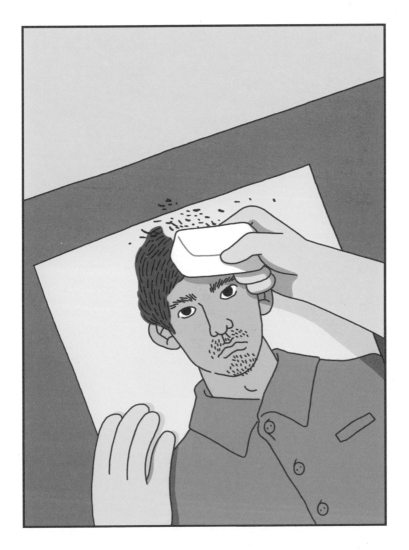

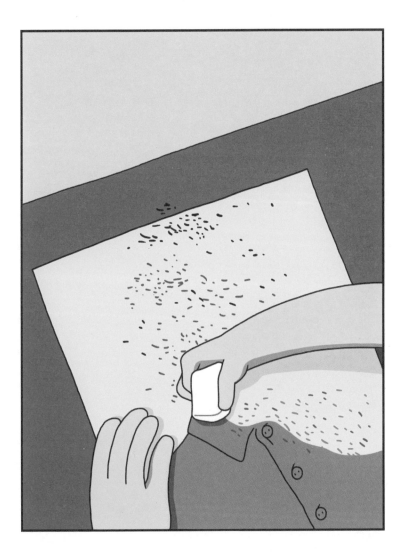

한 번, 두 번, 흐려지다 마침내 사라질 때까지
기억들을 문질러봅니다. 지워지겠지요.
언젠가는 시워지겠지요.
지울 수 있겠지요.

뭉개다

마음 어딘가에 턱턱 걸리는 사람이나
일을 애써 지워버리는 일.

그 사람

얼굴.
어쩌면 기억에서 가장 먼저 사라지는 부위는
얼굴이 아닐까요.
눈앞에서 마주 대하듯 늘 또렷하던 얼굴이
손으로 문지른 듯 번지더니
이내 희미해지고 맙니다.
다음은 달콤하게 귀에 감기던 목소리가 흐려집니다.
사소한 몸짓 하나하나,
그의 습관들이 매달리듯 기억에 끝끝내 남지만
언젠가는 모두 흩어지고 말겠지요.
그렇게 모든 기억들이 지워지고 난 뒤,
뜻하지 않게 어떤 향기로부터
다시 그의 흔적을 느끼기도 합니다.
창밖에서 전해져 오는 비릿한 비 냄새,
아침을 깨우는 커피 향,
그리고 대문을 나서며 느껴지는 탁한 도시 내음까지.
코끝을 어지럽히는 그 모든 향에서

그의 흔적들이 되살아납니다.

흐릿해진 그 모습을 다시 떠올리려

애를 쓸수록 애틋한 마음만 커집니다.

부질없음을 압니다. 향기마저 코에서 흐려질 즈음,

이제는 다른 누군가를 만날 때도 되지 않았나 생각합니다.

Bye
for now

그땐
돌아보지 말고.
안녕

아련하다

생김새를 정확하게 그려낼 순 없지만
기억 속에 여전히 존재하는 이를 그리워하는 마음.

너와 함께 채운 시간들,
여전히 나에게 남아.

더 이상은 자신 없어

꿈이 있었습니다.

실현 가능한 꿈인지는 상관없었어요.

온갖 직업에서 동물, 무생물도 모자라 우주까지 나아갑니다.

멋져 보이는 그 무엇이라도 꿈이 될 수 있었습니다.

지금도 꿈이 있습니다.

현실을 돌아보게 되고, 실현 가능성도 따져보게 되었습니다.

몇 번의 좌절을 겪고 나니 꿈이 조금 더 소박해집니다.

때로는 꿈 자체가 사치로 여겨지기도 해요.

가질 수나 있을까. 내가 감히 그래도 되나.

생각이 그에 미치자 오히려 더 집착하게 됩니다.

이루지 못해도 품고 살 순 있잖아,

그 정돈 괜찮잖아 하고 말입니다.

그리고는 다시 꿈을 보게 되니

어쩐지 애잔함이 느껴집니다.

Bye
for now

꿈은 꿈인데, 기대와 희망 대신 짠한 마음이 더 크게 느껴지는 꿈.

선뜻 내 꿈이라 꺼내기엔 자신 없어지는 그런 꿈.

그땐
돌아보지 말고,
안녕

한때 내가 곧 가마, 우리 영원히 함께하자

호언장담했지만 점차 그 목소리에 힘이 빠지게 되는

그런 꿈 말이지요.

애석하다

기대와 희망으로만 가득 찬 미래에
지난한 현실이 뒤섞여 복잡하게 얽힌 마음.

마음의 정리정돈

먹고살려다 보니, 온갖 잡다한 것들까지도

주저 없이 삼켜버리곤 합니다.

피가 되고 살이 되기도 하지만

헛배만 불리거나, 속을 뒤집어놓는 일도 왕왕 있습니다.

그렇다고 매번 '이거 좋아', '저건 싫어' 하며

까탈 부릴 수도 없는 노릇.

한 번 먹어치운 음식은 정리가 불가능하지만,

마음과 생각으로 먹은 의식들은 정리가 가능합니다.

또 정리가 필요하고요.

마음 정리란 어떻게 하는 걸까요.

마음을 쇼핑카트라 생각해봅시다.

대형 마트에서 우리는 필요하다 싶은 물건들을 카트에 담습니다.

'오! 이건 필요해, 원 플러스 원이래,

이건 50% 세일 중이야, 타임 세일이래,

기획전을 놓칠 순 없지' 하고 마구 담다 보면

어느새 카트가 가득 차버립니다.

계산대 앞에 서서야

퍼뜩 정신이 들지요.

그때라도 정신을 차리면 다행입니다.

자, 이제는 진정 필요한 물품만 두고 나머지는 뺄 때입니다.

마음도 이와 비슷합니다.

사회생활하면서 매번 판단과 검증 없이 받아들였던 가치관들을

찬찬히 훑어봐야겠지요.

필요한지, 필요하지 않은지 문제가 될 만한 것과

끝끝내 지켜야 할 것들을 나눠보는 건 어때요.

이렇게 정리해두지 않으면 잔뜩 쌓이고 엉켜

점점 더 정리하기 어려워질 테니까요.

응어리지다

의도하지 않았지만 어쩌다 보니 해로운 것까지 마구 집어삼켜
소화되지 못한 채, 속에서 엉망진창으로 엉겨 붙어버린 마음.

마음속에 맺혔던 것
모두 토해내.

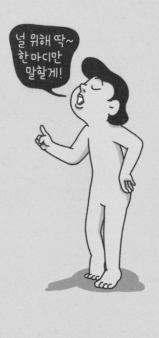

딱 한 마디

혼자서만 끙끙대며 애쓰다가 결국 도움을 청할 때가 있습니다.

하지만 더러는 도움을 받고도

오히려 기분이 상하거나 불편해지기도 합니다.

원치도 않은 억지 도움을 받을 때 그렇지요.

난감한 상황에서 헤매는 표정이 안쓰러워 보일 수도 있습니다.

그렇다고 도움이나 조언을 바라는 수준까진 아닌데

괜히 나서서 이러쿵저러쿵 하는 사람도 있지요.

"딱 한 마디만 할게"가

정말 한 마디로 끝나는 경우가 어디 있던가요.

아무리 훌륭한 투수라도 포수가 준비된 다음에 공을 던져야지요.

조언이 필요하면 제가 먼저 사인을 보낼게요.

그러니 일단은 기다려주세요.

Bye
for now

그땐
돌아보지 말고,
안녕

골나다

원하지 않는 순간, 원하지 않는 선물을 주고
고마워하길 바라는 사람에게 마음이 언짢아져서 성난 기분.

이러다가
아무도 남지 않는 날이
오는 건 아닐까.

사라진 사람들

문득 누구라도 좋으니,

이런 일 저런 마음 실컷 털어놓고 싶어졌습니다.

누가 있을까 연락처를 뒤져보다가

문득 알게 된 사실.

사적으로 온 연락이 단 한 통도 없었습니다.

저장된 연락처를 불러옵니다.

빼곡한 목록 사이에서 눈이 바빠집니다.

그러다 드문드문 하나씩 선택한 연락처를 삭제해나갑니다.

이제는 기억에도 없는 사람, 누구였지 싶은 사람,

끊어진 거래처, 인사만 한 번 나눈 사이,

왜 저장했지 싶은 번호까지.

하나둘 지워가다 보니 어느새 목록이 절반으로 줄어듭니다.

남은 연락처 중에서 다시 지금 당장 기꺼운 마음으로

나를 만나줄 이를 찾아봅니다.

아무리 위아래로 훑어도 딱히 마음 닿는 곳이 없습니다.

이 친구는 바쁘겠지, 이 사람은 무거운 얘기 나누긴 좀 그래,

얘는 늘 자기 말만 늘어놓기 바빠서 지금은 부담스러워,

Bye
for now

그땐
돌아보지 말고,
안녕

너무 멀리 있어, 너무 오랜만에 연락하자니 미안해….

갖가지 이유를 들다 보니 결국은 전화기를 내려놓게 됩니다.

뭘까요, 이 막막한 서운함은.

어디 풀 데도 없는 섭섭함.

'뭐해?' 하고 일단 전화부터 걸어보면 좋을 텐데.

그조차 선뜻 마음이 일어나지 않는 지금이에요.

울적하다

내가 여기 있다 말하지 않으면
어디에 있는지 궁금해할 사람이 아무도 없는 것만 같아
쓸쓸하고 외로운 마음에 눈물이 핑 도는 기분.

우울증

마음을 사물에 비유해봅시다.

캐비닛 어떨까요. 서랍이 굉장히 많이 달린.

손 닿기 좋은 곳엔 남들에게 자주 보여주고 싶은 마음을 담습니다. 잠금장치도 없고, 서랍 손잡이도 잡기 편해요. 나 아닌 누구라도 쉽게 열어볼 수 있고, 그래도 괜찮아요.

위에서 아래로, 손과 눈에서 멀어질수록 은밀한 마음이 담깁니다. 어떤 칸은 열쇠로 단단히 잠그기도 해요. 진작 버렸어야 했는데, 차마 미련이 남아 간직해둔 마음도 있고요.

캐비닛 가장 아래칸은 자물쇠도 크고 단단합니다. 누구에게도 보이고 싶지 않고, 심지어 나조차 열어보고 싶지 않아요. 나조차도 모르는, 혹은 알지만 인정하고 싶지 않은 모습들이 담겨져 있습니다.

가끔, 남몰래 서랍을 열어 오래 묵은 우울과 마주 앉아 있다 보면 시간 가는 줄 모르고 이야기 나누게 됩니다. 어쩐지 오래 꺼내둬선 안 될 거 같지만, 누가 보기 전에 서둘러 서랍을 닫아야지 조바심이 들지만, 오랜만에 다시 꺼낸 우울이 주는 묘한 반가움과 익숙함이 느껴집니다.

벗어나고 싶지만, 마음대로 벗어날 수 없는…
여기 갇힌 나를 너는 발견할 수 있을까.

하지만 반가움과 익숙함을 시작으로 나도 모르게 편안함까지 느끼게 되기 전에, 우울과 너무 오래 마주하면 안 될 것 같은 생각이 듭니다. 누군가 이 우울과 함께 있는 나를 발견해주기를, 어두컴컴한 서랍 안에 갇히고 마는 일이 없기를 바라게 됩니다.

우울하다

세상 모든 것에 흥미가 사라지고,
그 자릴 대신해 근심과 체념, 슬픔이 오래 머물 때의 기분.

이대로, 결국

남들과는 다르게 살고 싶었습니다.

냉철하게 판단하고, 감정에 휘둘리지 않으며,

똑 부러지게 잘 살 거라 믿었습니다.

비굴하지 않고, 뜨겁게 사랑하며, 이별까지도 멋있는.

그러지 못하는 인생이 한심하게도 보였습니다.

고개를 당당히 치켜들고, 어깨 펴고,

그렇게 살 순 없나 하고 말이지요.

적어도 내 어깨가

도무지 펴지지 않을 지경으로 무거워지고 나서야

깨닫게 되었습니다.

내 삶이지만 혼자만의 힘으로 끌고 갈 수 없음을.

그리고는 씁쓸하게 읊조립니다.

"이대로, 결국 나도 그들과 똑같은 말을 하고 있구나."

Bye
for now

그땐
돌아보지 말고,
안녕

받아들이다

못났다 생각했던 부분이라
인정하고 싶지 않았던 모습을 덤덤히 거두게 되는 것.

지금은 안녕

나름 괜찮은 조건이지만 정중히 거절합니다.

물론 잘못된 결정일 수도 있겠지만요.

지금은 옳다고 여겨지지만 훗날 바보 같았다

후회할지도 몰라요.

인생, 늘 정답만 맞추며 살기는 어려우니까요.

애초에 답이 없는 문제일 수도 있고요.

'나는 행복한가?', '이 일을 왜 하나?', '무엇 때문에 살고 있나?'

누가 봐도 절대적인 답이 없을 것 같은 질문들을 안고

살아갑니다.

나름의 답을 찾기 위해 성실히 시간을 엮어나갈 따름이지요.

어떤 방식으로든 말이죠.

그런 질문 따위 관심도 없고,

문득 떠올라도 딱히 답을 찾고 싶지 않다면,

그 또한 그런대로 살아집니다.

어떤 자세로 살든 시간은 변함없이 흐르고,

흐르는 시간은 나를 살아지게 만드니까요.

누구나 나름의 방식이 있습니다.

'삶은 이런 거야' 하는 누군가의 정의 따위

귀 기울일 필요 없어요.

그 사람 방식일 뿐이니까.

그저 열심히 하루하루 선택하고, 책임을 지고,

어떤 건 포기하고, 경험을 쌓고, 정리하고.

그렇게 나의 하루에 하루가 이어지고

다시 또 이어지다 보면 그 틈 어딘가에서

'아, 이런 건가. 산다는 거' 하고 느낌이 올 때가 있을 겁니다.

그게 정답이냐고요? 글쎄요, 그건.

그나저나 정답이든 아니든,

그게 정말 중요할까요?

겪다

좋든 싫든 가리지 않고 다양한 일을 체험하며
점차 나에게 딱 맞는 삶의 자세와 살아가는 방법을 찾아가는 과정.

비록 후회가 남을지라도…
인생이라는 질문에 정답은 없으니까.

나는 그대로인데
모두들 떠나가버린 순간.

고독하다

날 원하는 사람도, 내가 원하는 사람도 모두 사라지고
기약 없이 혼자 남겨지게 된 순간의 마음.

여기 아무도 없나요

능동과 피동 사이.
스스로 혼자가 된 것과
누군가로부터 버려졌다는 느낌 사이를 파고드는
이 거대한 고독감.
나는 그대로인데 모두들 떠나가버린 순간.
그들은 머물렀지만 홀로 떠나야 했던 순간.
함께하길 원했지만 그 사람은 원치 않는다고 말했던 순간.
그 순간들이 나를 고독의 한가운데로 밀어 넣습니다.

누군가를 찾아나서야 할지,
누군가가 찾아오기를 기다려야 할지.
기다리면 누가 와주기나 할지.
떠나지도, 그렇다고 머무르지도 못한 채
어찌할 바를 몰라 우왕좌왕하다 결국엔 주저앉고야 마는,
무력하기까지 한 나를 마주하며,
더 큰 고독감에 뒤척이는 이 시간.

7

마음도
자란다

Time to grow up

이곳을 벗어나
좀 더 멋진,
좀 더 신나는
어딘가로.

탈출

뭔가 새로운 일에 도전하기 전에는
갖가지 마음들로 속이 일렁댑니다.
멀리서는 기대와 설렘이 가장 커 보이지만,
또 가까이 들여다보면 더 많은 감정이
함께 들썩이고 있지요.
잘 풀렸으면 좋겠다는 열망,
떠나보내야 할 것들에 대한 아쉬움과 미련,
제대로 할 수 있을지에 대한 걱정,
그래도 잘할 수 있을 거야 하는 자신감,
새로운 분야에 대한 호기심,
새로이 만나게 될 사람들에 대한 기대감.
중간중간 어둑한 불안이 박혀 있긴 해도
대체로 반짝반짝 빛나고 있는 중입니다.
새로운 첫 날을 만나보지 않은 이상
좋을지 나쁠지는 아무도 모릅니다.
기왕이면 밝은 면을 보려고 해요.
아직 오지 않은 내일을 두고

지레 걱정할 필요는 없습니다.

나는 미래가 아닌 현재를

살아내고 있으니까요.

기대되다

꽤 오래 준비해온 일의 시작을 앞두고
무사히 첫 문을 열 수 있기를 기다리는 순간의 마음

잘 키워 볼거야.
잘할 수 있어.

희망하다

지난 일에 연연해하지 않고 할 수 있다는 기대를 품고서
원하는 일이 이뤄지길 바라는 마음.

다시 한 번 더

연이은 실패에도 끝끝내 희망은 놓지 않으렵니다.

아무렇지 않다는 건 거짓말이겠지요.

다시 시작하기가 말처럼 쉬운 일도 아니고요.

실패 경험이 많다고 해서

절망과 좌절에 익숙해진다는 뜻은 아닐 겁니다.

애정인지 집착인지, 승부욕인지 오기인지

사실 잘 모르겠어요.

스스로도 '그래, 이 정도면 됐어'라고 말할 만한 때,

그때가 되어서야 비로소 희망을 내려놓고

결과를 얻을 수 있으려나요.

스스로 어르고 달래며 연거푸 새로운 희망을 품을 때마다

그 전과는 조금 다른 나를 느낍니다.

연거푸 실패를 겪는다 하더라도

점점 단단해져 가는 나를.

행복의 위치

어디에 있는지 정확히 알진 못해도,

분명 느낄 수 있습니다.

내가 느끼려고만 하면 생겨나고,

없다고 믿으면 세상 어디도 존재하지 않는.

행복이란 그런 거 아닐까요.

누구나 행복을 기다립니다.

누구나 행복해지기를 바라고 염원합니다.

'네 마음먹기에 달렸어'라는 뻔하고 식상한 이야기도

이미 알고 있어요.

내가 마음만 먹으면 언제든,

지금 당장이라도 행복해질 수 있지요.

하지만 쉽지 않다고 여기지요.

말처럼 잘 안 된다고. 어렵다고.

그러나 행복은 이미 내 속에 자리하고 있습니다.

얼마나 있는지, 어떻게 생겼는지는 몰라요.

저마다 다 다르니까요.

그러니 내가 정해버리면 어떨까요.

"나에게 행복이란 이런 모습이야" 하고 말입니다.

내 마음이니까 내 마음대로 해도 괜찮잖아요.

그것부터가 행복, 아니겠어요?

감지하다

내 마음속에서 오소소 일어난 감정을
누군가에게 전하거나 설명할 수 없어 오롯이 혼자만 느끼는 일.

무엇을,
무엇을,
뽑아볼까?

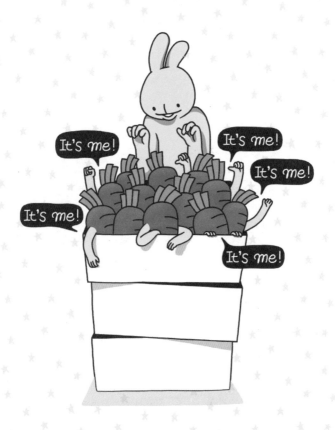

어떤 것이 좋을까

다양한 기회가 주는 즐거운 기분.

이대로라면 뭐든 다 해낼 것만 같습니다.

그저 몇 가지 기회가 주어졌을 뿐인데.

이미 모든 걸 다 이룬 마냥 신나고 즐겁기만 합니다.

이것도 좋아 보이고, 저것도 괜찮아 보이고.

하나를 선택하자니 다른 하나를 놓칠까 마음이 조마조마.

그렇다고 욕심껏 다 움켜쥐자니

모두 놓치게 될까 지레 겁이 나기도 합니다.

최악이냐 차악이냐의 선택만 해오다가,

최선이냐 차선이냐를 두고 갈등하게 되다니.

기분이 둥실둥실.

세상 모든 가능성이 전부 내게로 온 것만 같아요.

룰루루 랄라라.

궁금하다

왠지 좋은 일이 일어날 것 같은 기대감,
그게 어떤 일인지 알 수 없어 일어나는 호기심.
얼른 알아내야 할 것만 같은 조바심이 뒤휘 섞여 마음이 동동 들뜨는 기분.

조금씩 연습

처음부터 직선을 곧게 그리기란 어렵습니다. 두 번째 선부터가 중요하지요. 곧은 직선을 그릴 수 있느냐 없느냐는 그리 중요하지 않습니다. 불만족스러운 첫 번째 선을 보고도 두 번째를 이어 그릴 수 있는가. 그게 중요하지요.

두 번째가 가능하다면 이어서 세 번, 네 번으로 이어질 확률이 높아집니다. 일의 대부분은 첫 시도만으로 그칠 때가 많으니까요.

단 한 번 해보고 된다 안 된다, 능력이 있다 없다, 판단해버리기 때문입니다. 빠르고 현명한 판단일 수도 있지요. 반대로 너무 이른 포기일 수도 있고요. 길게 가보지 않은 일은 결과를 예측할 수 없습니다. 기분만 남지요. 아쉬움, 미련, 혹은 후련함 같은.

때로는 미련하다 싶을 정도의 우직한 힘이 필요합니다. 나도 몰랐던 내 능력을 발견하게 되기도 하거든요. 시간의 힘을 빌리는 것이죠. 도저히 할 수 없다 싶은 일이 아니라면, 힘들긴 하지만 견딜 만한데 싶은 정도라면 두 번, 세 번의 도전을 이어나가 보는 것도 좋을 거예요. 단 한 번의 시도로 얻은 것과는 또 그래, 오늘은 여기까지.
내일 조금만 더!

다른, 새로운 경험을 하게 되니까요. 그 일을 보는 내 관점까지 달라질지도 모릅니다.
처음부터 제대로, 훌륭한 직선을 그릴 수 있으리라 기대하지 말아요. 대신 어제보다 오늘, 오늘보다는 더 나아질 내일의 내 모습에 기대를 걸어보는 건 어때요.

나아지다

설명할 순 없지만 어제에 비해
무언가 조금 달라진 오늘의 나를 느끼는 일.

어떤 길도 한 걸음부터

좌절이나 실패 없이 원하는 일을 할 수 있다면 좋겠습니다.

운이 따른다면 몇 번은 그럴 기회가 있을 지도 모르지요.

하지만 엄청난 행운이 있다고 해도

하는 일 마다 수월하게 이루어지리란 보장은 없을 거예요.

그렇게만 된다면 좋겠지만,

그저 바람에 그칠 때가 많더군요.

기왕 결정을 했으면 그저 앞으로 나아가는 수밖에요.

갖가지 어려움이 생길지도 모릅니다.

사소한 정도는 가볍게 뛰어넘고,

버거우면 주변 도움을 받을 수도 있겠지요.

혼자 끙끙대며 고집 부리지만 않는다면 주변의 도움으로

차츰 노하우가 생겨 제법 큰 난관도

거뜬히 이겨낼 수 있을 겁니다.

초조해하지 말아요.

빨리 도착해야 할 필요 없으니까.

저마다 자신에게 맞는 속도가 있답니다.

힘들면 잠시 쉬고,

미리 걱정할 것 없어.
할 수 있는 만큼만, 네 속도로 걸어가면 돼.

때론 게으름도 부려보며

자신만의 리듬을 유지해야 하지 않을까요.

내가 좋아서 택한 일.

끝까지 가려면 나를 아껴주며 가야 하니까요.

마음먹다

마음도
자란다

아무리 생각해봐도 머릿속을 떠나지 않는 일이 있어

결국 한번 해보자고 결심하는 순간.

묵묵히

아직 아무도 가본 적 없는 길. 누구도 선뜻 나서지 않는,

내가 가장 먼저 닦아야 하는 길.

누구를 대신 앞세울 수도, 함께할 수도 없는 그 길.

나 역시 누군가에게 주어진 길을 대신 닦아줄 수는 없습니다.

각자에게 주어진 길을 걸어야 하지요.

자신만의 걸음으로, 제 속도에 맞춰서.

우리는 이렇게 정답도 없고, 또 그렇다고 예외도 없는,

자신만의 길을 걸어갑니다.

입구로 다시 돌아갈 수도 없고, 지름길도 보이지 않네요.

깡충깡충 발을 굴러보지만

도착지조차 보이지 않습니다.

그러나 어디로 가야 할지, 언제쯤 도착할지

미리 불안해하거나 걱정하지 말아요.

성실하게 걸어온 어제의 길을 가끔 돌아보며,

분명하게 보이는 오늘의 이 길을

그저 열심히 걸어나가면 됩니다.

일구다

아무 것도 보이지 않아 막막하기만 했던 나의 삶을
성실하게 쓸고 닦아 나만의 길을 만들어가는 일.

피하려고만 하지 말고

살면서 단 한 번도 고난을 겪지 않을 수 있을까요.

파도가 평생 잔잔하게만 밀려오기를

바라는 마음인지도 모르겠습니다.

파도 타는 법을 배운다면 어떨까요.

삶에는 때때로 감당하기 힘들 정도로

높은 파도가 들이닥칩니다.

하지만 서퍼들은 높은 파도가 그렇게 반가울 수 없습니다.

가슴이 쿵쾅쿵쾅 뛰기까지 하지요.

그들에게 높은 파도는 삶의 위기나 고초가 아니라

나를 자극시키는 흥분제,

내가 살아있음을 느끼게 해주는 활력소입니다.

같은 파도를 보면서도 서로 시각이 다릅니다.

당연히 삶의 양상도 다르겠지요.

나는 얼마든지 저 파도를 넘을 수 있어.

무한한 긍정은 좋습니다.

하지만, 내가 정말로 파도를 넘을 수 있는지,

자신의 서핑 실력을 먼저 돌아볼 필요가 있다고 생각해요.

지금의 내 능력을 가늠해보고,

무엇을 더 연습해야 할지를 알아봐야지요.

그런 다음 제대로 채비를 하고,

파도 앞에 서야 하지 않을까요.

헤아리다

무턱대고 긍정적이기만 하지 않고,
다가올 일의 부정적인 면을 가늠해보며
미리 마음의 준비를 하는 일.

숨은 행복 찾기

종일 동분서주하다 지친 몸을 이끌고 집에 도착해 따뜻한 물줄기를 맞으며 샤워할 때. 아, 행복합니다.

갓 지은 밥 위에 김치 한 조각 척 하고 올려 먹는 저녁. 그 한입에 행복해집니다.

침대에 벌렁 드러누워 길게 기지개 켤 때, 행복해요.

퇴근 길, 품절 직전의 맥주를 사서 냉장고에 넣었다가 드라마시작과 동시에 첫 모금 마시는 그 순간, 엄청나게 행복합니다.

등 떠밀려 나간 소개팅에서 척 하면 착 하는 느낌의 상대를 만날 때 무척 행복합니다.

물때 낀 타일을 칫솔로 일일이 닦아내고 욱신거리는 허리를 펴며 반짝거리는 화장실을 볼 때, 정말 행복하지요.

뜨끈한 전기장판 안에서 '10분만 더' 하고 뭉그적대도 괜찮은, 오늘은 일요일이라 행복합니다.

아무 정보 없이 본 영화가 여태껏 본 영화 중 손가락에 꼽을 만큼 재밌을 때, 행복하고요.

시원하게 내리는 비를 보며 믹스커피 한 잔 마시는 쉬는 시간, 종종 묘하게 행복해집니다.

어디 숨었나 했더니
여기 있었구나.

"고맙다"라는 친구의 한 마디에, "애썼어"라는 부모님 한 마디에, 누군가의 용기나 칭찬에 아주 많이 행복합니다.

없어도 사는 데 크게 지장 없고, 사라져도 사라진 줄 모를 것만 같은 사소한 일들에 행복을 만납니다. 행복을 느낍니다.

누군가에게 잘 보이려고, 남들과 비교해 얻은 행복이 아니에요. 아주 작고 보잘것없어 놓치기 쉬운 일상에 관심 기울인 덕분에 찾은 행복들입니다.

온몸에 전율이 일 만큼의 행복도 좋지만 오히려 이런 자잘한 행복들이 일상을 지탱해준다고 믿고 있습니다.

발견하다

없는 것이 아닌, 있는 것을
자세히 들여다보아 찾는 일.

매일 안녕

누구에게나 똑같이 주어지는 이 하루가

각자에게 전혀 색다른 모습인 이유는,

하루를 채운 내용이 다르기 때문일 거예요.

하루라는 그릇에 고구마를 한가득 쪄서

종일 배부르게 먹을 수도 있을 겁니다.

어떤 날은 떡을, 또 어떤 날은 과일을,

혹은 비워두고 종일 굶기도 할 테지요.

무엇을 담든 하루라는 그릇은 그대로입니다.

더 커지거나, 작아지거나,

모습을 달리하지도 않지요.

단지, 내가 무엇을 담느냐에 따라

달리 보일 뿐.

성실하다

누가 시키지 않아도 스스로 알아서
자신에게 주어진 시간을 착실하게 채우는 모습.

새로운 꿈

이 넓은 세상에서 내가 뭘 할 수 있을까,

고민하며 지새운 날들이 많습니다.

기대감에 잠 못 든 밤,

걱정과 근심에 잠을 설친 날.

오랜 시간 여러 일을 다양하게 겪고 보니

이제 더 놀랄 일이 남아있겠나 싶기도 해요.

물론 여전히 빈틈투성이인 나지만.

매사 노심초사하며 불안하던 눈빛이

이제는 올 테면 와보라지,

대책 없는 자신감이 조금 생긴 것 같습니다.

이것도 발전이라면 발전이라고 할까요.

지금 발 딛고 있는 이곳도, 처음엔 참 넓다 싶었는데

지금은 좁게만 느껴집니다.

새로운 터를 찾을 때가 되었구나 싶습니다.

더 넓은 세상 말이에요.

미련 없이, 최선을 다했습니다.

이곳에서.

곧 만나게 될 새로운 세상도
처음에는 광활해 보이겠지요.
하지만 두려움보다는
기대가 더 큽니다.
새로운 세상에서
더 나은 사람으로 성장할 내 모습에.

성장하다

고난 앞에서 이전과 달리 두려움은 줄고
점차 여유를 찾게 된 내 모습을 발견하는 것.

같은 공간, 다른 길

나는 늘 당신을 응원하고 있습니다.

어제와 달리 지금은 서로 다른 곳을 보고 있지만,

그래도 그 마음 여전합니다.

그저 잘되길 바라는 마음뿐이에요. 어떤 선택을 하든지.

다만 한 가지.

이왕 내린 선택이라면

진정 당신이 원하는 일이었으면 합니다.

원했던 일이 아니라면 잘할 수 있는 일이라도 좋습니다.

한동안 원치 않는 일에 서로 치이며 힘들어했던 우리니까요.

새롭게 출발하는 당신을

멀리서나마 응원합니다.

당신은 잘해낼 거예요.

괜한 걱정은 그만 내려놓고 홀가분한 마음으로

원하던 그 길, 계속 걸어가면 됩니다.

뒤돌아보지 말고.

비록 우리 함께하지 못해도,
서로를 응원하며.

함께하다

몸은 다른 데 있지만 나의 마음 한편을 상대방의 안쪽 주머니에 넣어뒀기에
언제나 두 마음이 같은 공간에 있는 상태.

언제쯤 오려나.
어디쯤 왔을까.

이제나저제나

기다림은 사방으로 날뛰던 마음을 다독여
한쪽 방향으로 차분히 흐르게 만듭니다.
잔잔하게 시간을 쓰다듬으며
모든 감각들을 상대에게 맞춰놓지요.
언젠가 내게 올 당신을 상상하는 것만으로도
걸음을 멈추게 하고,
온통 시선을 빼앗고,
가슴을 들썩이게 합니다.
하지만 당신이 오기 전까지는
그런 기다림도 그저 소리 없는 축제일뿐이지요.
얼른 당신이 왔으면 좋겠습니다.
내 기다림에 결실을 맺게 해주면 좋겠어요.
당신이 보고 싶습니다.

Time to
grow up

기다리다

마음도
자란다

만날 수 있을 거라는 생각만으로도 가슴을 뛰게 만드는
그 사람이 얼른 오기를 간절히 바라는 마음.

나의 서랍 속엔 늘…

어릴 적 그 동네

처음엔 모든 것이 낯설었습니다.

낯선 곳에서 누구를 만나 정을 쌓기도 쉽지 않았고요.

서러워 울기도 했고,

사무치는 그리움에 허우적대는 날도 많았습니다.

그렇게나 독립을 원했는데,

막상 아는 사람 없는 곳에서 삶을 시작해보니

기대와는 영 딴판이었지요.

지금은 이곳이 더 익숙해졌지만,

지금도 가끔 삶에 치이고 지칠 때면

내가 나고 자란 그곳이 그리워지곤 합니다.

Time to
grow up

마음도
자란다

동경하다

매일이 즐겁고, 모든 것이 신났었던 어느 날을 품었던 곳을
간절히 그리워하는 마음.

이제야 제대로 그대를

그리운 마음이란 그리 요란한 모습은 아닐 겁니다.
그럼에도 헤어지고 나서
한동안 마음이 무척 요란했습니다.
그런 탓에 그 사람에 대한 그리움을
제대로 누리지 못했더군요.
적당한 시간이 흘러 그때, 그 순간 앞에
가만히 앉았습니다.
함께했던 시간의 문을 열고
안으로 천천히 발을 디뎌봅니다.
여러 색으로 뒤엉켜 있는 시간들이
그저 슬프기만 했었는데
지금은 조금 덤덤하게 구분 지을 수 있을 것 같아요.
즐겁고 행복하고 안락했던 때와
아프고 서럽고 외로웠던 때를.
마음 안 좋던 시간도 있었지만
행복했던 시간이 더 많이 기억납니다.
지금을 함께할 수 없다는 것이 조금은 아쉽지만

이젠 더 이상 그 시간이 아프거나 고통스럽지 않아요.

이제야 제대로,

비로소 그대를 그리워할 수 있게 되었나 봅니다.

그리워하다

평온한 마음으로 한 사람에 대해 좋았던 시간들을
추억할 때의 기분.

출구

세상일은 모두 존재하는 시간이 따로 정해져 있는 듯합니다.

주어진 시간이 다하면 그 일로부터 느낀 감정이

잔상처럼 남습니다.

그마저도 지속기간이 있지요.

그 시간마저 끝나야 비로소 어떤 경험이

나를 완전히 통과했다고 봅니다.

그 시간을 온전히 견디기가 때로는 힘에 부치기도 해요.

옮기는 발걸음이 천근 같고,

아무리 걸어도 앞으로 나아가는 기분이 들지 않고.

그렇다고 중도에 길을 벗어날 수도 없어

답답하기만 하지요.

하지만 우리는 이미 알고 있습니다.

즐겁든 괴롭든 모든 일에는 끝이 있음을.

아무리 욕심을 부려도

Time to
grow up

시간의 흐름까지 앞당기거나 늦출 순 없지요.

그저 견디라는 말,

마음도
자란다

시간이 해결해준다는 말을 하려는 것이 아니에요.

알고 있잖아, 너도.
모든 일에는 끝이 있다는 사실 말이야.

이 일에서 벗어나려면 어쨌든 앞으로 나아가야 하고,

그 외에는 딱히 더 나은 방법이 없는 걸요.

어떤 감정 안에서 더 머물고 싶어 더디 걷느냐,

빨리 벗어나고 싶어 달음박질치느냐의 차이일 뿐이지요.

다다르다

이 길을 걸어가는 내내 만나기를 바랐던 지점이
눈에 보일만큼 가까워진 순간.

epilogue

한 조각, 한 조각

퍼즐을 맞추다 보니

내 마음 조금은 알 것도 같습니다.

"거기, 내가 있네요."

내 마음도 모르면서

초판 1쇄 발행 2017년 9월 18일
초판 3쇄 발행 2018년 2월 10일

지은이　　설레다(최민정)

발행인　　문태진
본부장　　김보경
책임편집　　김예원　　**편집2팀** 김예원 정다이
디자인　　형태와내용사이

기획편집팀　　김혜연 박은영 임지선 이희산
마케팅팀　　한정덕 최지연 김재선 장철용　　**디자인팀** 윤지예 이현주
경영지원팀　　노강희 윤현성 김송이 박미경 이지복
강연팀　　장진항 조은빛 강유정 정미진

펴낸곳　　(주)인플루엔셜
출판신고　　2012년 5월 18일 제300-2012-1043호
주소　　(04511) 서울특별시 중구 통일로2길 16, AIA타워 8층
전화　　02)720-1034(기획편집) 02)720-1024(마케팅) 02)720-1042(강연섭외)
팩스　　02)720-1043　　**전자우편** books@influential.co.kr
홈페이지　　www.influential.co.kr

© 설레다, 2017

ISBN 979-11-86560-49-5 03810

* 인플루엔셜은 세상에 영향력 있는 지혜를 전달하고자 합니다. 이에 동참을 원하는 독자 여러분
  의 참신한 아이디어와 원고를 기다립니다. 한 권의 책으로 완성될 수 있는 기획과 원고가 있으
  신 분은 연락처와 함께 letter@influential.co.kr로 보내주세요. 지혜를 더하는 일에 함께하겠
  습니다.
* 이 도서의 국립중앙도서관 출판예정도서목록(CIP)은 서지정보유통지원시스템 홈페이지
  (http://seoji.nl.go.kr)와 국가자료공동목록시스템(http://www.nl.go.kr/kolisnet)에서 이용하
  실 수 있습니다.(CIP제어번호: CIP2017022670)

안녕. <메->라고 해.
우린 언젠가 다시
만나게 될거야.